कम लागत की
चारा उत्पादन तकनिक

हायड्रोपोनिक

डा. एस. पी. गायकवाड

सकाळ प्रकाशन

सकाळ प्रकाशन

कम लागत की चारा उत्पादन तकनिक : हायड्रोपोनिक

© **डा. एस. पी. गायकवाड**
रो हाऊस नं. १०, स्वामी विवेकानंद रो हाऊसेस,
स्वामी विवेकानंद नगर, फलटण, जि. सातारा - ४१५५२३
ई-मेल : drspg2007@gmail.com

प्रथम संस्करण : अक्तूबर २०१६
द्वितीय संस्करण : जानेवारी २०२१

अनुवाद : डा. सुनेत्रा तावडे

अक्षरयोजना और संरचना : ऑरिक पब्लिशिंग

मुखपृष्ठ : सकाळ प्रकाशन, पुणे

प्रकाशक
सकाळ मीडिया प्रा. लि.
५९५, बुधवार पेठ, पुणे २.

ISBN No. 978-93-86204-16-5

अधिक जानकारी के लिए
०२०-२४४० ५६७८ / ८८८८८ ४९०५०
sakalprakashan@esakal.com

किसानों के हित को अग्रक्रम देनेवाले,
नये विचारों से किए गए कार्य को प्रोत्साहित करनेवाले
गोविंद डेअरी का प्रभावशाली व्यवस्थापन,
इस योजना की उचित कार्यवाही करनेवाले,
पशु सेवा विभाग के कर्मचारी और
नये नये प्रयोग करने के लिए
हर दम तैयार रहनेवाले
मेरे किसान बंधू
इन सबको.....

श्रीमंत संजीवराजे नाईक निंबालकर

चेअरमन,
गोविंद मिल्क ॲन्ड मिल्क प्राडक्टस् प्रा. लि., फलटण

केवल दूध जमा करा लेना और प्रक्रिया करके बेचना इतने पर ही न रुककर, दूध व्यवसाय की सारी कक्षाओं को चौडा करते हुए, फलटण की गोविंद डेअरीने, किसानों का हित और ग्राहकों की संतुष्टता ऐसा गुणवत्तापूर्ण विकास हासिल किया है। यह विकास याने ग्रामविकास का एक बेमिसाल उदाहरण है। किसानों को स्वयंपूर्ण बनाकर उपलब्ध साधन सामग्री के आधार पर युवकों को स्वयंरोजगार उपलब्ध करा देने पर गोविंद मिल्क ज्यादा जोर देता है।

दूध उत्पादकों के परिश्रम कम हों और फिर भी दूध की गुणवत्तामें सुधार आए, इसके लिए कम खर्चे में मुक्तसंचार गोशाला पद्धति का अवलंब और प्रसार गोविंद डेअरी द्वारा किया जा रहा है। ताज़े चारे के नियोजन के लिए डीएचएन - ६ इस प्रकार के घास का प्रसार भी बहुत अच्छी तरह से किया गया है। महाराष्ट्र के बाहर भी इस चारे का प्रसार हुआ है। ताज़े चारे का उत्पादन काफी हद तक होने से उस को जमा करके रखने लिए मुरहास की एक आसान पद्धति डेअरी की तरफ से विकसित करने में आई है। इसमें एक गाय के लिए ५०० किलो से लेकर ५०० गौओं के ताज़े चारे की माँग को पूरी करने के लिए १२५० मेट्रीक टन तक मुरघस बनाने की तकनिक भी तैयार करने में आयी है। जानवरों से अच्छा दूध उत्पादन मिलें और उत्पादन खर्च कम हो इसके लिए जानवरों के आहार में अंकुरित धान का उपयोग किया गया।

बारिश के कम - अधिक मात्रा के कारन ताज़े चारे की कमी महसूस हो रही है। इसपर कुछ अंश तक मात करने के लिए हायड्रोपोनिक तकनिक का अध्ययन कर, एकदम कम लागत में चारा उत्पादन लेने को सफल प्रयोग करने में भी गोविंद मिल्क ने आगे कदम बढ़ाया है। हायड्रोपोनिक पद्धति से चारा निर्मित करके कुछ लाभ होता है या नही? यह देखने के लिए शुलमें विंचुणी स्थित

अनिल काका निंबालकरजी के खेतमें हायड्रोपोनिक तंत्रसे चारा उत्पादन का प्रयोग किया गया। और उससे अच्छा लाभ हुआ। लाखों रुपया खर्च करके हायड्रोपोनिक चारा यंत्र को आयात करने की अपेक्षा उसके तकनिक को समझ कर, अपने यहाँ उपलब्ध होनेवाले साधनों को इस्तमाल कर, उपयोग में आनेवाला आसान पद्धति का हायड्रोपोनिक चारा यंत्र बनाया गया। बाजूवाले गाँवमें जानवरों के लिए सरकार की तरफ से छाँवनी खड़ी की गयी हाने के बावजूद, अनिल काका निंबालकरजी २०० से २५० लिटर पानी में कम लागत की हायड्रोपोनिक चारा निर्मिती यंत्र से जानवरों के लिए हररोज १५० किलो चारा उत्पादन कर रहे थे। कम पानीमें, कम लागतमें हायड्रोपोनिक पद्धति से चारा उत्पादन लेकर दूध का अच्छा व्यवसाय कर सकते हैं, यह उन्होंने दिखा दिया। आज फलटण के क्षेत्रमें, कम खर्चे का यह आधुनिक प्रकल्प देखने के लिए केवल अपने देश से ही नहीं तो बाहर के देशोंमें से अनेक व्यक्ति भेंट दे रहें हैं।

पशुव्यवस्थापनमें गोविंद मिल्क की तरफ से किए जानेवाले सभी प्रयोग सामान्य दूध उत्पादकों को करनेमें किफायती हैं। इसलिए इस व्यवसाय से संबंधित होनेवाले सबका लाभ हो रहा है। जमिन की गुणवत्ता सुधारनेमें, जानवरों का आरोग्य अच्छा रहनेमें, दूध उत्पादक को कम परिश्रममें और कम खर्चे में अधिक मुनाफा मिलने में मदद हो रही है। परिणाम स्वरुप, ग्राहकों को भी अच्छी गुणवत्ता का दूध मिल रहा है।

दूध उत्पादकों का अधिकाधिक लाभ कराने में ग्राहकों को भी अच्छी गुणवत्तावाला दूध दिलानेमें गोविंद मिल्क हमेशाही प्रयत्नशील रहेगा।

•

श्री. राजीव मित्रा
व्यवस्थापकीय संचालक
गोविंद मिल्क ॲन्ड मिल्क प्रॉडक्ट्स प्रा. लि., फलटण

आज हम पूरी दुनियामें दूध उत्पादनमें अग्रेसर होने के बावजूद प्रति जानवर दूध उत्पादन में बहुत पीछे हैं। इसके लिए हमें अपने पशुव्यवस्थापन में पूरी तरह से बदलाव लाना आवश्यक है। जानवरों का व्यवस्थापन, पशु आहार, आरोग्य और प्रजनन इन चीजों की तरफ अग्रीमता से ध्यान देना आवश्यक है। पूरे दूध उत्पादन के लिए होनेवाले खर्चे में से ७० प्रतिशत खर्चा जानवरों के आहार पर होता है। कम खर्चमें उत्पादन को बढ़ाने के लिए जानवरों को उचित खाद्य देना बहुत महत्वपूर्ण है। खाद्यमें ताज़ा चारा, सुखा चारा, और पशु आहार इनमें समन्वय रखना आवश्यक है। ताज़े चारे की उपलब्धता के बारेमें अगर सोचा जाए, तो अपने देशमें १,९०७ दशलक्ष टन चारे की प्रत्यक्ष रुपमें आवश्यकता है लेकिन जानवरों को केवल ४००.६ दशलक्ष टन इतनाही ताज़ा चारा उपलब्ध हो रहा है। ६९६ दशलक्ष टन याने ६३ प्रतिशत ताज़े चारे की जरुरत होकर भी वह जानवरों को उपलब्ध नहीं हो रहा। इसलिए हमारे जानवरों की दूध देने की क्षमता जितनी है, उतनी उचित आहार के अभावमें हमारे जानवर दिखा नहीं सकते। तो फिर हम इसीमें, प्रति जानवर उत्पादन बढौती का आगे का लक्ष्य कैसे साध पायेंगे? यह एक बहुत बड़ा सवाल है। साथ ही आजकल बढ़ती हुई आबादी के कारन उपलब्ध खेत जमिन पर अनाज के उत्पादन का बोझ है, इसीसे हरा चारा जानवरों को उपलब्ध करा देने पर मर्यादाएँ आ रही हैं।

२०२० तक यही ताज़े चारे की माँग १,१३४ दशलक्ष टन तक पहुँचेगी ऐसा अंदाजा है। इसीलिए हरे चारे के उत्पादन के लिए हमें कम जगहमें अधिक उत्पादन लेने का विकल्प ढूँढना जरुरी है। आज की परिस्थितीमें हायड्रोपोनिक पद्धति से चारा उत्पादन करना, यह एक अच्छा विकल्प साबित हो सकता है, ऐसा हमें लगता है। हर साल बारीश की मात्रा कम होती जा रही है

और चारा उत्पादन पर मर्यादा आ रही है। आज एक हेक्टरमें हम जितना चारा उत्पादन लेनेवाले हैं, उतना हायड्रोपोनिक पद्धति से ५० स्क्वे. मीटरमें लिया जा सकता है। याने हमें इस पद्धति में २०० गुना कम जमिन लगती है। हायड्रोपोनिक चारा उत्पादन के लिए पारंपारिक चारा उत्पादन की अपेक्षा ४० गुना कम पानी लगता है साथ ही परिश्रम भी कम लगते हैं। और चारा भी अच्छी गुणवत्ता का मिल जाता है। आजतक हायड्रोपोनिक चारा उत्पादन केवल प्रयोगोंतक ही सीमित था। लेकिन अब सामान्य लोगोंको भी बन पडने वाली किमतमें हायड्रोपोनिक चारा लेना संभव हो जाने के कारन अच्छी गुणवत्ता का चारा जानवरों को खिलाना सामान्य दूध उत्पादकों के लिए संभव हो गया है। इसके कारन जानवर को अच्छे प्रकार के अन्नद्रव्य याने जीवनतत्व, खनिज, अँटी ऑक्सिडंट, उपयुक्त एन्झाईम्स और प्रथिन प्राप्त होंगे, जानवर उनकी दूध देने की क्षमता पूरी तरह से दिखा सकेंगे। याने प्रति जानवर दूध उत्पादन के बढौती के लिए हमें इस पद्धति का निश्चितही लाभ होगा।

गोविंद मिल्क इस तरह के नियोजन को अग्रीम क्रम दे रहा है इससे ग्रामीण क्षेत्र के किसानों को, आधुनिक तकनिक आसान पद्धति में उपलब्ध हो रही है। परिणाम स्वरुप, आंतरराष्ट्रीय दर्जे का दूध का उत्पादन करनेमें हमें मदद मिलेगी। इसीलिए किसानों ने कम खर्च की, कम परिश्रम की, कम जगह में अधिक उत्पादन देनेवाली, वैसे ही कम पानी की हायड्रोपोनिक चारा पद्धति का अवलंब करके अपना अधिक से अधिक लाभ करा लेना चाहिए।

●

अनुक्रम

कृपया रंगीन चित्र देखने हेतु
यह QR कोड स्कैन करें

विषय प्रवेश

वनस्पतियों के बढ़ने के लिए 'मिट्टी' एक अत्यावश्यक माध्यम है। वनस्पतियों को आरोग्यवर्धक पद्धति से बढ़ने के लिए आवश्यक होनेवाले, अलग अलग तरह के अन्नद्रव्य, पानी, हवा, मिट्टी से ही प्राप्त होते हैं। वनस्पतियों की जड़े मिट्टीमें वनस्पतियों को मजबूती से पकड़कर उन्हें अच्छा आधार देती हैं। बहुत बार मिट्टीमें चारे की फसल उगाने के लिए वातावरण, बारीश की मात्रा, मिट्टी की गुणवत्ता की और रोगों का प्रार्दुभाव आदी कारनों से, चारे के उत्पादन में सीमाएँ आ जाती हैं।

लगातार एक ही प्रकार की फसल के उत्पादन के कारण मिट्टी की गुणवत्ता कम होती जा रही है। और स्वाभाविक रुपसे जमिन की गुणवत्ता बढ़ाने के लिए आवश्यक होनेवाले जीवाणुओं की गिनती भी दिन प्रतिदिन कम हो रही है। पहले तो गाय के गोबरमें मिलनेवाले और जमिनमें होनेवाले, अनगिनत उपयोगी जीवाणू, वातावरण में होनेवाले नायट्रोजन और जैविक भार का रुपांतर सेंद्रिय कर्ब और आवश्यक अन्न घटक, जो वनस्पतियों के आरोग्यदायी विकास के लिए अत्यावश्यक होते हैं, उनको बढ़ाने का काम करते थे। लेकिन अब सेंद्रिय खादों का उपयोग कम होकर, रासायनिक खादों और का काईनाशकों का अधिक मात्रामें उपयोग होने के कारन, जमिन से प्राप्त होनेवाले जीवाणूओं की संख्या बहुत तेजी से कम हो रही है। ऐसी जमिन ज्यादा से ज्यादा चिपचिपी और क्षारयुक्त हो रही हैं। उसकी पानी धारण करने की क्षमता भी कम हो रही हैं, तथा भूगर्भमें होनेवाले जल का स्तर भी कम हो रहा है। ऐसे जमिन की पानी का बोझ सहने की क्षमता भी कम होती जा रही है।

दूसरी ओर बारीश की मात्रा भी अनिश्चित और कम हो रही है। इन सब कारनों से उत्पादन और गुणवत्ता दोनोंमें घटौती हो रही है। साथही बढ़ते हुए नागरीकीकरण के कारन खेती के लिए

उपलब्ध होनेवाली जमिन भी कम होती जा रही है। और जो जमिन उपलब्ध हैं, उनमें रासायनिक खादों का अतिरिक्त और अयोग्य उपयोग होने के कारन, उत्पादन बढ़ने के बजाय दिन प्रति दिन घटता ही जा रहा है। साथही उगनेवाले चारे का पोषणमूल्य भी कम होता जा रहा है। इसीलिए दूध उत्पादन को बढ़ाने के लिए और प्राप्त उत्पादन का योग्य आयोजन करने के लिए, कम पडनेवाले अन्नघटकों की पूर्तता करने के लिए, पशुखाद्य का आधार लिया जा रहा है। लेकिन दिन ब दिन पशुखाद्य पर होनेवाला खर्चा भी बढ़ रहा है और दूध की कीमतें भी कम ज्यादा हो रही है। इसीलिए सामान्य किसानों और दूध उत्पादकों को, इस व्यवसाय को चलाना मुश्कील हो रहा है, ऐसा कहें तो कोई गलत बात नहीं। पशुओं के पेट की रचना घास खाने के लिए तैयार कीयी हुई है। इस बात को ध्यान में रखकर हमें अच्छे दर्जे का चारा पशुओं को उपलब्ध करा देना चाहिए। इसलिए हमें पशुओं के खानेमें पूरक अन्नों और पशुखाद्य का उपयोग, कम मात्रामें करना चाहिए। दिन प्रति दिन जमिन की गुणवत्ता भी कम हो रही है। तो उसमें से उगाया हुआ चारा कैसे गुणवत्ता पूर्ण होगा? यह बात सोचने लायक है। वहीं पर हायड्रोपोनिक चारेमें बहुत ऐसे जरुरी अन्नघटक होते हैं जिससे पशुद्वारा खाए हुए अन्य अन्न घटकों का भी पाचन अच्छी तरह से होता है। इस तरह हायड्रोपोनिक पद्धति से थोडीसी जगहमें, थोडे परिश्रम में हम चारा उत्पन्न कर सकते हैं, साथही इससे पशु के आहार पर होनेवाला खर्चा कम करके पूरे दूध उत्पादन पर होनेवाला खर्चा भी हम कम कर सकते हैं।

पारंपारिक पद्धति से किए जानेवाले खेतीमें फसल उगाने के लिए ज्यादा जगह की आवश्यकता होती है। बारिश की मात्रा भी अब पहलेसे कम हो गयी है। बढ़ते औद्योगिकीकरण के कारन, खेतोंमें काम करने के लिए पहले जैसे मजदूर मिलना भी कठिन हो गया है। साथही परिवारों के विभक्त हो जाने से अल्पभूधारक किसानों की संख्या भी बढ़ रही है। ये किसान चारा उत्पादन करने के लिए अधिक उत्सुक नहीं रहते। ऐसेमें हायड्रोपोनिक पद्धति से चारा उत्पादन करना, पारंपारिक चारा उत्पादन पद्धति के लिए एक अच्छा विकल्प बन सकता है।

आधुनिक तकनिक के बारे में ऐसी धारणा होती है कि वह सामान्यतः अधिक महंगी और सामान्य किसानों के लिए बन पडनेवाली नहीं होती। इसलिए ऐसा तंत्रज्ञान या तकनिक सामान्य से सामान्य किसानों तक पहुँच नहीं पाती। इस किताब में ऐसेही एक सफल अत्याधुनिक तकनिक को याने हायड्रोपोनिक चारा उत्पादन के पद्धति को आसान शब्दोंमें बताया गया है। हमारे यहाँ होनेवाले वातावरण में और उपलब्ध साधनसामग्रीमें ही हम इस पद्धति से चारे का अच्छा उत्पादन ले सकते हैं। यह अनेकों किसानों ने अपने गोशालेमें किए हुए हायड्रोपोनिक चारा उत्पादन तकनिक के उपयोग से सिद्ध हुआ है। पुस्तकमें उसका वर्णन किया है। इसमें एक पशु होनेवाले गोशाला से लेकर सौ पशु होनेवाले गोशालों तक का समावेश किया हुआ है! इसके हर एक किसान ने इस तकनिक को पूरी तरह समझकर, उसके अपने पद्धति में ढ़ालकर हायड्रोपोनिक पद्धति से चारा उत्पादन किया है।

आज हम अधिक खर्चा होनेवाले हायड्रोपोनिक चारा उत्पादन एकक (युनिट) को छोड़कर यह सीधा साधा और आसान युनिट तैयार कर उसमें जादा उत्पादन ले रहे हैं। बहुत सारे किसान

इसके बारेमें अधुरी जानकारी प्राप्त कर लेते हैं, इसलिए उनको इस पद्धति से चारा उत्पादन करते हुए आनेवाले कठिनाईयों का सामना करनेमें दिक्कत होती है। इससे हायड्रोपोनिक चारा उत्पादन पद्धति हमारे यहाँ उपयोगी नहीं है, इस तरह की गलत बातें फैलने की संभावना होती हैं। इन्हीं कारनों से हमारे यहाँ बहुत सी आधुनिक तकनिकों का जितना होना चाहिए उतना प्रसार नहीं हो पाता। इस पद्धति से चारा उत्पादन करनेवाले किसानों को उचित और सही जानकारी प्राप्त हों, वह साहस के साथ हायड्रोपोनिक चारे का उत्पादन अच्छी तरह से ले सकें, साथही उन्हें इससे अच्छा खासा लाभ हो और वह, दूसरों को भी इससे फायदा उठाने के लिए इसका उचित तरह से प्रसार कर सकें इसीलिए इस पुस्तक का निर्माण किया गया है।

हायड्रोपोनिक चारा उत्पादन तकनिकमें बीजों की अंकुरण क्षमता, तापमान नियंत्रण, आर्द्रता नियंत्रण, पानी का आयोजन और धूँप की तीव्रता पर नियंत्रण, इन पंचसूत्रों पर ध्यान केंद्रीत करना पड़ता है। इन पंचसूत्रों में कौशल प्राप्त करने पर हम यह कह सकते हैं कि इस तकनिक का महत्वपूर्ण हिस्सा हमारी समझमें आ गया। इन सब बातों पर नियंत्रण पाने के लिए अपने पास होनेवाले विविध प्रकार की साधन सामग्री को उपयोग में लाकर, हम अपना खुद का कम लागत में तैयार हानेवाला और अधिक उत्पादन देनेवाला हायड्रोपोनिक चारा युनिट बना सकते हैं, ऐसा आत्मविश्वास हम जरुर रख सकते हैं।

गोविंद डेअरी के माध्यम से फलटण स्थित सेकडों किसानों ने यही आत्मविश्वास पाकर हायड्रोपोनिक पद्धति से चारा उगाकर दूध का उत्पादन बढ़ाया है। आज कल महाराष्ट्र तथा बाहरी राज्यों के हजारो किसानों ने भी किए हुए इस विकास की जानकारी लेकर, इस पद्धति के तकनिक के उपयोग की शुरुआत की है। फलटण स्थित अनेक किसान जो हायड्रोपोनिक चारा उत्पादन में माहीर हो गए हैं, वे अब राज्यमें तथा राज्य के बाहर जाकर भी हायड्रोपोनिक चारा उत्पादन के सलाहकार की हैसियत से अन्य किसानों को मार्गदर्शन दे रहे हैं। इन किसानों के साथ लगातार २-३ बरस काम करके, बदलते ऋतु के अनुसार हायड्रोपोनिक चारा युनिटमें किस तरह की तबदिलियाँ करके, आनेवाले कठिनाईयों पर उपलब्ध साधन सामग्रीयों के आधार से किस तरह मात करें, इन सब बातों पर सोच विचार कर उसका हल निकालने के कारन ही, कम खर्चेमें अधिक चारा उत्पन्न करनेवाली यह तकनिक लोकप्रिय हो रही है।

हायड्रोपोनिक चारा उत्पादन तकनिक में होनेवाले महत्वपूर्ण तकनिक को ध्यान में लेकर, अपने पास होनेवाले साधन सामग्रीमें ही अपना खुदका हायड्रोपोनिक चारा उत्पादन युनिट तैयार करने पर हमें ज्यादा जोर देना चाहिए। साथही इसमें उपयुक्त होनेवाले बीज, तापमान, आर्द्रता, पानी का नियोजन और रोग नियंत्रण की जानकारी लेकर, अपने यहाँ के वातावरण में इसके कौनसे घटक कितने महत्वपूर्ण हैं और उनका नियोजन हमें किस तरह से करना पडेगा, इसका भी परिपूर्ण अध्ययन हमें करना पडेगा। उदाहरण के लिए, फलटण के आसपास गाँवों मे गरमी में तापमान ४२ अंश सेल्सिअस से आग जाता है, इसलिए आर्द्रता और तापमान के नियोजन के लिए एक या दो घंटे में, दो से चार मिनट तक पानी देना जरुरी होता हो। लेकिन फलटण के पश्चिम में होनेवाले ऐसे किसी जगह पर जहाँ पर तापमान ४० अंश सेल्सिअस के आगे नहीं जाता, वहाँ पर इस पद्धति

से पानी देने की जरुरत नहीं होगी। ऐसी जगह पर हमें दो से चार घंटों में दो से चार मिनट पानी देना पड़ेगा।

इसीलिए हायड्रोपोनिक चारा उत्पादन की संपूर्ण तकनिक ध्यान में लेकर अगर आप आगे चलेंगे तो इसमें कठिनाइयाँ उत्पन्न न होकर, निश्चय ही आप प्रगति की ओर पहुँच जाएँगें, ऐसा लगता है। साथही आपको इस तरह की अन्य तकनिक भी कम खर्चे में अपने खुद की पद्धति से करने की चाहत उत्पन्न होगी।

आज फलटण में आपको कम खर्चे की मुक्त संचार गोशाला, मुरघस पद्धति, अझोला उत्पादन पद्धति, कम लागत का तापमान नियंत्रक, पशुखाद्य उत्पादन पद्धति, अंकुरित धान खानेमें देनेकी पद्धति, सेंद्रिय खाद निर्मिती जैसे अनेकां प्रयोग देखने को मिलेंगे। उपरोक्त सभी कम लागत की पद्धतियों का उपयोग करने के कारन और वे सभी प्रयोग देखने आनेवाले किसानों की संख्या के कारन, 'फलटण' 'कम लागत में आधुनिक गोशाला व्यवस्थापन पद्धति का' पर्यटन केंद्र बन गया है, ऐसा हम निश्चय ही कह सकते हैं।

●

१

पशुपालन के लिए हरे चारे की आवश्यकता

दूध उत्पादन के लिए होनेवाले खर्चे में से ७० प्रतिशत खर्चा पशु के आहारपर होता रहता है। कम खर्चे में योग्य आहार देना बहुतही महत्वपूर्ण है। आहार में ताज़ा चारा, सुखा चारा और पशु आहार इनका योग्य संतुलन रखना आवश्यक है। जमिन की गुणवत्ता कम होने की वजह से जो भी ताज़ा चारा हम जानवरों को देते हैं, उनमें होनेवाले महत्वपूर्ण अन्नघटकों की मात्रा भी कम होती जा रही है। आजकाल हमें अधिक दूध उत्पादन के लक्ष्य को प्राप्त करने के लिए पशुखाद्य का बहुत आधार लेना पड रहा हैं, आनेवाले चुनौती युक्त दिनों में ऐसा व्यवसाय किफायतशीर या लाभदायक रहेगा ऐसा नहीं लगता।

अगर हम जानवरों के पेट की रचना को देखें तो हमें यह ज्ञात होता है कि वह चारा पाचन के लिए अधिक सक्षम है। इसीलिए जानवरों को हमें अधिक पोषणमूल्य होनेवाला ताज़ा चारा ही देना चाहिए। आज अगर हम ताज़ा चारे की उपलब्धता पर विचार करें तो १,०९७ दशलक्ष टन चारे की आवश्यकता होने के बावजूद प्रत्यक्ष में केवल ४००.६ दशलक्ष टन इतनाही चारा जानवरों को उपलब्ध हो रहा है। ६९६ मिलियन टन याने ६३ प्रतिशत, ताज़े चारे की माँग होने के बावजूद वह उपलब्ध नही हो रहा। ऐसे में हम, प्रति जानवर उत्पादन बढ़ाने के लक्ष्य को कैसे प्राप्त करेंगे? यह एक अहम प्रश्न है। इसपर भी आजकल बढ़ती हुई आबादी के कारन, प्राप्त खेत के जमिनों पर धान के उत्पादन का भी बोझ होने के कारन, ताज़ा चारा जानवरों के उपलब्ध करा देने में मर्यादा उत्पन्न हो रही हैं।

सन २०20 तक यहीं ताज़े चारे की माँग १,१३४ दशलक्ष टनों तक पहुँचेगी ऐसा अंदाजा है, इसीलिए ताज़े चारे की उत्पादन के लिए हमें कम जगह में अधिक उत्पादन

ताज़ा और सुखा चारा उपलब्धता और माँग						
(सभी अंक दशलक्ष टन में)						
वर्ष	उपलब्धता		माँग		कमी	
	ताज़ा	सुखा	ताज़ा	सुखा	ताज़ा	सुखा
१९९५	३७९.३	४२१	९४७	५२६	५९.९५ (५६८)	१९.९५ (१०५)
२०००	३८४.५	४२८	९८८	५४९	६१.१० (६०४)	२१.९३ (१२१)
२००५	३८९.९	४४३	१०२५	५६९	६१.९६ (६३५)	२२.०८ (१२६)
२०१०	३९५.२	४५१	१०६१	५८९	६२.७६ (६६६)	२३.४६ (१३८)
२०१५	४००.६	४६६	१०९७	६०९	६३.५० (६९६)	२३.५४ (१४३)
२०२०	४०५.९	४७३	११३४	६३०	६४.२१ (७२८)	२४.८१ (१५७)
२०२५	४११.३	४८८	११७०	६५०	६४.८७ (७५९)	२४.९२ (१६२)
२०३०	४१६.७	५०३	१२०७.१	६७०	६५.४५ (७९०)	२४.९० (१६७)

कंस में दिखाए गए अंक प्रत्यक्ष कमी को दर्शा रहें है।   जानकारी स्रोत - १० वीं और ११ वीं पंचवार्षिक योजना आरेखन

मिलनेवाला विकल्प ढूँढ़ने की आवश्यकता है, आज की स्थिती में हायड्रोपोनिक पद्धति से चारा उत्पादन कराना यह एक अच्छा नियोजन साबित हो सकता है।

अगर देखा जाए तो कम जगह में याने एक हेक्टर में आज जो हम चारे का उत्पादन ले रहे हैं, वही हायड्रोपोनिक पद्धतीसे हम ५० स्वे. मीटर में ही ले सकते हैं। याने हमें पद्धतिसे २०० गुना कम जमीन लगती है। साथ ही दिन ब दिन बारिश की मात्रा कम होने से चारा उत्पादन में भी मर्यादाऐं आ रही है। पारंपारिक पद्धति की अपेक्षा हायड्रोपोनिक चारा उत्पादन में १/४० गुना इतना कम पानी लगता है, परिश्रम भी कम लगता है और अच्छी गुणवत्ता का चारा भी तैयार हो जाता है।

ताज़ा चारा जानवरोंका प्राकृतिक अन्न होने के कारन इससे न केवल दूध का ही उत्पादन बढ़ता है अपितु गुणवत्तापूर्ण दूध उत्पादन के लिए उसकी बहुत आवश्यकता होती है। इससे दूधमें होनेवाला स्निग्धांश, ओमेगा-३, जीवनतत्व, क्षार और अन्य महत्वपूर्ण घटकों की भी वृद्धी हो जाती है। इसीलिए हायड्रोपोनिक चारा उत्पादन युनिट, जानवरों के लिए ताज़ा चारा उत्पन्न करने का एक प्रभावशाली साधन है। लेकिन दुर्भाग्यवश आयात किए हुए फोमेटो मशिन के अनुभव को देखकर भारतीय वैज्ञानिकों ने इसके आगे का संशोधन रोक दिया और इस प्रश्न की तरफ फिर ज्यादा ध्यान नहीं दिया। आजकल बढ़ती हुई आबादी के लिए लगनेवाले अनाज़ के कारन खेती पर बहुत अधिक बोझ पड़ रहा है, इसको ध्यान में लेते हुए, हायड्रोपोनिक चारा उत्पादन पद्धति की दूध के व्यवसाय के लिए बहुतही आवश्यकता है। संशोधन से यह सिद्ध हुआ है कि इस तंत्र से उत्पन्न होनेवाला चारा खानेवाले पशु के दूध में इसेन्शीअल फैटी ॲसिड याने अत्यावश्यक स्निग्धयुक्त रसायन अधिक होता है, साथही ओमेगा-३ यह घटक भी अधिक मात्रा में पाया जाता है।

●

२

हायड्रोपोनिक की व्याख्या

प्राकृतिक रुप से ही मिट्टी के माध्यम से अलग अलग प्रकार के गुणतत्व वनस्पतियों के वृद्धि के लिए प्राप्त होते रहते हैं लेकिन केवल मिट्टी ही वनस्पतियों के वृद्धि के लिए आवश्यक नहीं होती। मिट्टी में होनेवाले गुणतत्व पानी में घुल जातें हैं और उसके बाद ही वनस्पतियों की जड़े उन गुणतत्वों को सोंख पाती हैं (चूस लेती हैं) इसलिए अगर वनस्पतियों को यह गुणतत्व पानी में से ही मिल जाए तो मिट्टी की उतनी आवश्यकता नही रहती। हायड्रोपोनिक याने ऐसी पद्धति जिसमें वनस्पतियाँ अपने वृद्धि के लिए आवश्यक होनेवाले गुणतत्व मिट्टी के बिना पानी में से लेकर ही बढ़ जाती हैं। इस पद्धति को हायड्रोपोनिक ऐसा कहा जाता है।

हायड्रोपोनिक शब्द की उत्पत्ति ग्रीक भाषा से हुई है। हायड्रो याने पानी और पोनिक याने काम करने वाले ऐसा इसका अर्थ है।

हायड्रोपोनिक पद्धति का इतिहास

वैसे हायड्रोपोनिक पद्धति से चारा उत्पाद करने का तकनिक बहुतही पुराना है। सैंकडो वर्षों से हायड्रोपोनिक का उपयोग होता आ रहा है। विश्व के सात अचरजों में से एक अचरज होनेवाले, पुरातन काल के 'बॅबिलोन' नगर में होनेवाला 'हँगिंग गार्डन' यह हायड्रोपोनिक उत्पादन का पहला सफल प्रयोग माना जा सकता है। इसवी सदी के बहुत साल पूर्व नाईल नदी पर तैरते पानी में इस पद्धति से वनस्पतियों को बढ़ाकर उत्पादन लेने के वर्णन इजिप्त के इतिहास में पाये जाते हैं। इसके बाद ऐसे बहुत सारे प्रयोग होने की मिसालें भी पायी जाती है।

१९३० के आसपास कॅलिफोर्निया विश्व विद्यालय के डब्लू. ई. गेरीके जी ने व्यावसायिक पद्धति से इस उत्पादन की शुरुआत कर इसे

'हायड्रोपोनिक' यह नाम दिया। इसलिए डा. गेरीकेजी को हायड्रोपोनिक तकनिक का 'जनक' ऐसा भी हम कह सकते हैं।

उन्होंने इस पद्धति से टमाटर का उत्पादन लिया लेकिन लोह की कमी के कारन और वातावरण के नियोजन में आनेवाली कठिनाइयों के कारन इसमें अधिक सफलता नहीं आयी। १९४५ में अमरिकी वायूदल के लिए पर्वतीय क्षेत्रों में जहाँ पर शाक-तरकारी उगाना असंभव है, ऐसी जगह पर हायड्रोपोनिक पद्धति से ताज़ा तरकारीयों का उत्पादन कर, उन्होंने इस कठिनाई का हल निकाला था। दक्षिणी अटलांटिक में होनेवाले 'असेन्शन' इस द्वीप पर वायूदल के लिए विश्राम और इंधन के लिए एक केंद्र था, यह क्षेत्र बहुत ही निर्जन होने के कारन यहाँ पर किसी भी प्रकार का उत्पादन लेना असंभव था। ऐसी जगह पर हायड्रोपोनिक पद्धति से सफलतासे तरकारीयोंका उत्पादन लेने के बाद इस पद्धति का बहुत प्रचार हुआ।

इसके बाद १९४६ के बाद के काल में अमरिकी सेनाने जपान के चोफू द्वीपपर विश्व का सबसे बड़ा हायड्रोपोनिक केंद स्थापित किया। उसकी व्याप्ती २६ × ९० मीटर की थी। इसके बाद अमरीका के जिन दक्षिणी राज्यों में होनेवाला वातावरण खेती उत्पाद के लिए योग्य नहीं है और जिन क्षेत्रों में पर्याप्त जमिन उपलब्ध नहीं है, ऐसे क्षेत्रों में बहुत सारे 'हायड्रोपोनिक फार्मस' उत्पन्न हुए / शुरु हुए।

भारत और हायड्रोपोनिक चारा उत्पादन

विश्व में, भारत, दूध उत्पादन में अग्रेसर होनेवाला देश होने के बावजूद प्रति जानवर दूध उत्पादन बढ़ाना, हमारे आगे होनेवाला बहुत बड़ा लक्ष्य है। जानवर, उसकी संपूर्ण दूध उत्पादन क्षमता दिखाए, इसके लिए आहार का अनन्य साधारण महत्व रहता है। भारतीय वैज्ञानिकों को बहुत पहले से ही इस तकनिक की जानकारी है। भारत सरकाने १९८० साल में फोमेटा कंपनी की आधा दर्जन मशीनें भारतीय कृषी संशोधन परिषद को (आय सी ए आर) संशोधन और उत्पादन के लिए खरीद के दी थी। उसके बाद ५० चौरस से भी अधिक फोमेटो कंपनी की मशीनें भारतमें आयात भी हो गयी और उनका उपयोग भी हुआ।

इस फोमेटो मशीन के लिए लगभग ३० स्वे. फीट जगह लगती थी। यह मशीन हररोज १००० कि. चारा तैयार करने की क्षमता रखती थी। इस मशीन के लिए २२+ / -२ इस तरह से तापमान का नियोजन करना पडता था, इस कारनवश यह मशीनें भारत में ज्यादा समय तक नहीं चल सकीं। इस मशीन में प्रकाश संश्लेषण के लिए फ्लोरोसंट ट्यूब लाइटों का उपयोग किया गया था। इस मशीन की किमत भी अधिक थी। साथही बिजली और मशीन दोनों चलाने का खर्चा भी अधिक होने के कारन इस मशीन से उत्पन्न किया हुआ चारे का खर्चा अधिक हो रहा था। इसीलिए उस समय हायड्रोपोनिक चारा उत्पन्न करके, उसका प्रसार करने का सपना अधूराही रह गया।

आजकल ॲग्रोनॉमी की एक शाखा के रुप में हायड्रोपोनिक आगे आ रही है, साथही पारंपारिक पद्धति की अपेक्षा इसमें अधिक लाभ दिखाई देने के कारन इसकी वृद्धी बहुतही तेजीसे होती हुई दिखाई दे रही है। मिट्टी के बग़ैर उत्पादन के इस तकनिक के दो महत्वपूर्ण लाभ हैं, पहला इस पद्धति से हम अधिक से अधिक उत्पादन ले सकते हैं और दूसरा जहाँपर मिट्टी और वातावरण दोनों भी योग्य नहीं हैं ऐसी जगहों पर भी हम अच्छा उत्पादन ले सकतें हैं।

सद्यः परिस्थिती और भविष्य का मार्गक्रमण

हायड्रोपोनिक तकनिक पुरानी होने के बावजूद आज की परिस्थिती में इस तकनिक के प्रति बहुत उत्सुकता है और उसकी जरुरत भी है। इसीलिए पिछले पचास सालों की अपेक्षा इस तकनिक में तेजीसे प्रगति हो रही है। इसमें महंगे मशिन से लेकर, घर में तैयार किए ग्रीन हाऊस तक में हायड्रोपोनिक पद्धति से उत्पादन लेने की शुरुआत हो रही है। युरोप और कॅनडा इस तकनिक में बहुत आगे हैं, डच तंत्रज्ञों ने इसमें छलांग लगाई है। हॉलंड देशमें दस हजार हेक्टर से भी अधिक क्षेत्र हायड्रोपोनिक पद्धति से उत्पादन लेने के लिए उपयोग में लाया जाता है। अमरिका में भी इसमें प्रगति हो रही है तो चायना में दो हजार एकड जमिन पर हायड्रोपोनिक पद्धति से उत्पादन लिया जाता है।

जिस प्रदेश में अनाज और चारा उत्पादन लेने योग्य परिस्थिती न हों उदाहरण के तौर पर रेगिस्तान, पहाड़ी इलाका ऐसे प्रदेशों में हायड्रोपोनिक उत्पादन के कम लागत के युनिट में से उत्पादन लेकर इस क्षेत्र की जरुरत को कुछ हद तक पुरा कर सकते हैं। नासाने तो अंतरिक्ष और चांद पर भी हायड्रोपोनिक पद्धति से वनस्पति को बढ़ाने के क्षेत्र में प्रयोग जारी किए हैं। आनेवाले कालमें तो वातावरण में बहुतही अनिश्चितता आ रही है। इसीलिए बारीश की मात्रा कम होनेवाले क्षेत्रों में चारा उपलब्ध करा देना बहुत कठिन होनेवाला है। दिन ब दिन अनाज की माँग बढ़ रही है और उपलब्ध जमिन परी पूरा बोझ पड़ रहा है, इसीलिए चारा उत्पादन में मर्यादा आ रही है।

अगर हमने हायड्रोपोनिक पद्धति से चारा उत्पादन लिया तो हम जमिन पर पडनेवाला

ज्यादा का बोझ कम कर सकतें हैं। इस पद्धति के कारन आज जो ताज़ा चारे के कमी कारन पशुओं की उत्पादकता कम हो रही है और किसानों को दूध उत्पादन में नुकसान हो रहा है, उसे रोक कर आर्थिक लाभ की दिशा ओर हम अवश्य निकाल सकते हैं, इसमें जरा भी आशंका नहीं है। दिन प्रतिदिन बारीश की कोई निश्चितता नही रही है। इसलिए सरकार को कभ कभी चारा छावनियाँ भी खोलनी पडती है। लेकिन अगर हम छावनी से चारा खरीदकर भी लायें तो भी पैसे देकर भी ताज़ा चारा कहाँ से उपलब्ध होगा? यह भी महत्वपूर्ण प्रश्न है। ऐसे, बारीश की कम मात्रा होनेवाले क्षेत्रों में, कम किमत में याने उस क्षेत्र में उपलब्ध होनेवाले साधन सामग्री का उपयोग कर, आधुनिक हायड्रोपोनिक चारा युनिट का विकास किया गया, तो एक अच्छी खासी विश्वसनीय चारा उत्पादन करनेवाली यंत्रणा तैयार हो जाएगी।

साथही ग्रामीण क्षेत्र के किसान और नवयुवकों को रोजी रोटी के लिए, इस तकनिक में खुद के अनुभवों के आधार पर, अधिक विकास कर दिन प्रति दिन प्रगति की नयी दिशा प्राप्त होगी ऐसा विश्वास प्रतीत होता है। जब तक निर्माण होनेवाली नयी तकनिक ग्रामीण क्षेत्र के किसानों की पद्धति से, उनको आकलन हों ऐसी भाषा में उपलब्ध नहीं होती तब तक ग्रामीण क्षेत्र का अधिक विकास नहीं हो पाएगा। आज हमने तैयार किए हुए आसान पद्धति के हायड्रोपोनिक चारा युनिट के माध्यम से बहुत सारे किसानों का विकास हुआ है, यह इसका जिता जागता उदाहरण है।

●

३

हायड्रोपोनिक तकनिक का उपयोग क्यों करें?

हायड्रोपोनिक उत्पादन पद्धति आजकल के कृषिशास्त्र की एक अत्याधुनिक और प्रगतिशील अनाज उत्पादन पद्धति है, ऐसा कहें तो गलत नही होगा। इसमें ग्रीन हाऊस (हरितगृह) और नियंत्रित वातावरण में उच्च प्राकृतिक तकनिक का उपयोग करके नियंत्रित हवा, तापमान, पानी और प्रकाश इनका योग्य मेल करने से, सामान्य पद्धति की अपेक्षा इस पद्धति से अच्छी गुणवत्ता का चारा उत्पादन संभव हो जाता है। साथ ही बाहरी वातावरण का इस पर कोई भी परिणाम नहीं होता। यह चारा सेंद्रीय तो होता ही है वरन् अच्छे दर्जे का भी होता है। इसे सिर्फ ५% प्रतिशत जगह और ५% प्रतिशत पानी लगता है। हायड्रोपोनिक तकनिक से चारा उत्पादन लेने के महत्वपूर्ण कारन है ....

उत्पादन

नियंत्रित वातावरण में चारे की वृद्धी के लिए सभी जरुरतें पूरी करने के कारन बहुत ही अच्छे दर्जे का और अधिक कमाई देनेवाला चारा प्राप्त होता है।

गुणवत्ता

इस पद्धति से लिए जानेवाले उत्पादनों के लिए उनके वृद्धी के लिए योग्य वातावरण की निर्मिती की जाती है। इसलिए निर्माण होनेवाले उत्पाद की रुचि / स्वाद और वह उत्पादन दोनों भी पारंपारिक पद्धति की अपेक्षा अधिक श्रेष्ठ होता है। इसीलिए हायड्रोपोनिक चारा अगर गाय के रोज के खाने में दिया जाय तो उसके दूध की रुचि मीठी लगती है और कुछ अंश तक दूध के रंग में भी बदलाव दिखायी देता है।

अल्पभूधारक किसान

कम ज़मीन होनेवाले अल्पभूधारक किसानों को, उनके मुख्य उत्पन्न का क्षेत्र पशुधन

के चारे के लिए उपयोग में लाना पड़ता है। अन्य उत्पादन लेने में उन्हें बहुत कठिनाई होती है। इसीलिए ऐसे किसान पशुपालन का व्यवसाय बढ़ा नहीं सकते। ऐसे किसानों के लिए हायड्रोपोनिक चारा उत्पादन एक अच्छा विकल्प साबित हो सकता है। हायड्रोपोनिक उत्पादन पद्धति से कम से कम क्षेत्र चारे के लिए रहेगा और बाकी ज़मीन पर पशुपालक अन्य प्रकार के धान उगाकर उनकी आर्थिक परिस्थिती में सुधार ला सकते हैं।

जमीन

पारंपारिक चारा उत्पादन पद्धति में हम प्रति हेक्टर १०० से १२० टन मकई का उत्पादन ले सकते है। किंतु हायड्रोपोनिक चारा उत्पादन पद्धति में हमें इतना ही उत्पादन लेने के लिए ०.००१ हेक्टर (याने एक बिघा) इतनीही कम जगह लगती है। इस प्रमाण को अगर हम देखें तो वह सौ प्रतिशत अधिक है।

कामकाज का खर्चा

पारंपारिक चारा उत्पादन पद्धति के लिए अधिक काम करना पड़ता है। इसमें हल जोत कर जमिन की खुदाई करके उसे समतल बनाना, क्यारियाँ बनाना, पानी देना, अनावश्यक उगे हुए घास को निकालना, बीज बोना, खाद डालना, कटाई करना, यातायात करना, गुड़ाई / कुट्टी करना ऐसे अनेक काम करने पडते हैं। आजकल खेती के कामों के लिए मजदूर कम मिल रहे हैं इसलिए उत्पादन खर्चे में वृद्धी हो सकती है, साथही भविष्य में मजदूर मिल जाएंगे ही यह कह नही सकते बहुत सारे बागवानी क्षेत्रों में तो आज ही मजदूरों की समस्या सामने आ रही है।

समय - कालावधि

इस पद्धति से चारा उत्पादन लेते हुए अगर हम कालावधि या समय का विचार करें तो सामान्यतः ७ से ९ दिनों में चारा तैयार हो जाता है। इसी चारें को खेतमें तैयार होने के लिए ६० ते ९० दिन लगते हैं। याने इसमें हमारे समय की भी बचत होती है। इसमें पूरा वातावरण नियंत्रित होने के कारन चारा फसल की वृद्धी में मदद होती है और वह पूरी क्षमता से बढती हैं।

ऋतुमान

इस प्रकार के चारा उत्पादन पद्धति में वातावरण के परिणाम की कोई बातही न होने के कारन उत्पाद लगातार आता रहता है। बहुत बार अलग अलग ऋतु के अनुसार अलग अलग चारे की फसल उगानी पड़ती है, लेकिन हायड्रोपोनिक पद्धति में इस तरह के विचार करने की कोई गुंजाइश नहीं रहती।

कभी कभी मिट्टी से चारे की फसल का उत्पाद लेते हुए मिट्टी में से होनेवाले रोग का परिणाम फसल के उत्पाद पर होता है, परिणाम स्वरुप चारे की फसल का उत्पाद भी घटता है और गुणवत्ता पर भी असर होता है।

प्रतिष्ठा

हायड्रोपोनिक चारा पद्धति आधुनिक होने कारन यह काम करने को मजदूर आसानी से मिल जाते हैं। उनके लिए ज्यादा जद्दोजहद नहीं करनी पड़ती। साथही खेती में मजदूरी करने की अपेक्षा इस काम को ज्यादा इज्जत से देखा जाता है।

बिजली का उपयोग

खेती में जलसिंचन के लिए अधिक क्षमतावाले विद्युत पंपों को चलाने के लिए थ्री फेज की आवश्यकता होती है। लेकिन आजकल खेती के लिए थ्री फेज यह एक बड़ी समस्या होकर रह गयी है। बहुत बार बिज़ली अनियमित रुप से आती है, वह भी वक्त पर नहीं आती,

इसलिए उसका परिणाम धान के उत्पाद पर होता है, साथही उस पर होनेवाला खर्चा भी अधिक होता है।

जगह का चयन

चारे की फसल बढ़ने के लिए मिट्टी की जरुरत न होने के कारन हम छज्जे पर (टेरेस) या ऐसी किसी भी जगह पर जहाँ हम कोई और फसल नहीं उगा सकते वहाँ पर भी हम अच्छा चारा उत्पाद ले सकते हैं।

पानी की बचत

सामान्यतः हमें एक किलो चारे की फसल नियमित रुप से लेने के लिए ६० या ८० लिटर पानी की आवश्यकता होती है। लेकिन यही उत्पाद अगर हम हायड्रोपोनिक युनिट द्वारा लें तो हम पुर्न उपयोग पद्धति में १ १/२ से २ लिटर और सीधे पद्धति में केवल २ से ३ लिटर पानी में एक किलो का चारा उत्पादन ले सकते हैं। इस पद्धति से हम जहाँपर पानी की मात्रा बहुत ही कम है, ऐसे क्षेत्र में भी कम पानी का उपयोग करके जरुरत के अनुसार ताज़ा चारे का उत्पाद ले सकते हैं।

हमारे यहाँ बहुत मात्रा में बारीश अनियमित रुप से आती है साथही पश्चिमी महाराष्ट्र में बहुत सारे क्षेत्र में चारा छावनियाँ लगाने की जरुरत पडती है। ऐसी जगहों पर अगर हायड्रोपोनिक पद्धति से चारा उत्पादन करने की पद्धति को विकसित किया जाए, तो दस पशुओं के लिए हररोज १५० किलो ताज़ा चारा उगाने के लिए हमें सिर्फ २०० या २५० लिटर पानी की आवश्यकता पडेगी। इस तरह से हम पानी की बचत कर सकते हैं।

आहार में होनेवाली नियमितता

पारंपारिक चारा उत्पादन पद्धति में हम एक ही

प्रकार की चारे की फसल बार बार नहीं उगा सकते। इससे ज़मीन का दर्जा कम होने की संभावना रहती है। इसलिए कभी एकदलीय धान या कभी द्विदलीय धान, बोना ऐसी पद्धति का अवलंब किया जाता है। इससे उत्पादन में नियमितता रहती है। हायड्रोपोनिक चारा उत्पादन यंत्र में इस तरह के बदलाव की आवश्यकता नहीं होती। सालभर हम एक ही धान उगा सकते हैं। इससे पशुओं की आहार में होनेवाली नियमितता हम संभाल सकते हैं। इसमें फसल भी एक सरीकी ही बढ़ती है और एकही समय में याने ७ या ९ दिनों के अंदर वह पशुओं के खाने के लिए तैयार हो जाती है।

उर्जा बचत

पारंपारिक चारा उत्पादन पद्धति में चारे की फसल को वातावरण का बोझ सहना पड़ता है। इसलिए बहुत सारी उर्जा रोगों से बचाव में और अन्य बोझ सहने के लिए उपयोग में लायी जाती है। साथही ऐसे फसल को पानी भी कम ज्यादा लगता है। परिणाम स्वरुप जिस मात्रा में चाहिए उतनी मात्रा में उर्जा का परिवर्तन नहीं हो पाता। हायड्रोपोनिक पद्धति में धान को, बढ़ते हुए वातावरण का बोझ सहने के लिए अधिक उर्जा खर्च करने की जरुरत नही पडती। धानों द्वारा इसी उर्जा को उत्पाद और गुणवत्ता वृद्धी के लिए उपयोग में लाया जाता है। इसीलिए इस पद्धति में उत्पाद अधिक मिलता है।

रासायनिक अंश

पारंपारिक चारा धान उत्पादन में धानों द्वारा मिट्टी के अंतर्गत होनेवाली अन्नद्रव्यों को लिया जाता है। इसीलिए मिट्टी में होनेवाले रासायनिक घटकों का कुछ अंश इसमें आने की संभावना रहती है। साथही वातावरण का बोझ सहते हुए ऐसा धान बहुत सारे रोगों की चपेट में आ सकता है। ऐसे रोगों पर नियंत्रण पाने के लिए हमें अलग अलग रासायनिक कीटनाशकों का उपयोग करना पड़ता है और कुछ अंश इस चारे के रुप में पशु के शरीर में और बाद में उनके दूध में आने की संभावना रहती है। साथही फसल की अच्छी वृद्धी के लिए जो अलग अलग रासायनिक खाद उपयोग में लाए जातें हैं उसका अंश भी चारें में आने की संभावना रहती है। जिन क्षेत्र में औद्यागिक कारखाने अधिक हैं, ऐसे क्षेत्र में ज़मीन में भारी धातूओं की मात्रा अधिक होने की संभावना बहुत होती है। आरोग्य के लिए हानीकारक होनेवाले ऐसे भारी धातू चारे के माध्यम से पशुओं की शरीर में और बाद में दूध के माध्यम से मानवी शरीर को भी हानीकारक सिद्ध हो सकते हैं।

हायड्रोपोनिक चारा युनिट में नियंत्रित घटकों को उपयोग में लाये जाने के कारन उसके हानीकारक अंश उसमें प्रवेश न करें इसकी सावधानी बरती जाती है। साथही हम वातावरण को नियंत्रित करनेवाली यंत्रणा को उपयोग में लाते हैं जिसके कारन फसल के लिए योग्य वातावरण रहता है। इसी कारन फसल पर बोझ न आने के कारन फसल में रोग प्रतिरोधक शक्ती तैयार होने से, उन पर रोग का असर होने की संभावना बहुतही कम रहती है। हायड्रोपोनिक चारा उत्पादन में घातक अंश न आने की सावधानी बरती हुई होती है। इसीलिए हम इस उत्पादन को सेंद्रीय उत्पादन भी कह सकते हैं।

●

४

हायड्रोपोनिक चारा युनिट का उपयोग करते हुए आनेवाली कठिनाइयाँ

हायड्रोपोनिक तकनिक का उपयोग करते समय बीजों का चयन, बीजों को भिगोकर रखने का समय, पानी का व्यवस्थापन, आर्द्रता नियंत्रण में होनेवाली निपुणता, बुरशी (काई) नियंत्रण के लिए मालूम होनेवाले उपाय, इन जैसे बहुत से घटकों की केवल जानकारी ही काफी नही होती तो उस का अनुभव भी होना चाहिए। हर भौगोलिक क्षेत्र के अनुसार वातावरण में बदलाव आता रहता है और एक जगह के व्यवस्थापन को उठाकर वैसे का वैसा दूसरी जगह उपयोग में लाना संभव नहीं होता, उसमें कम ज्यादा बदलाव लाना आवश्यक होता है। अगर हमने यह ध्यान में नहीं लिया, तो थोडे समय के लिए हम उत्पाद कर सकेंगे लेकिन बाद में उत्पाद लेना कठिन हो जाएगा ऐसा लगता है।

बहुत बार ऐसा होता है कि किसानों को इस में रुचि होती है और आवश्यकता होने के कारन पशुपालक किसान हायड्रोपोनिक चारा उत्पाद लेना निश्चित करते हैं। सफलता से हायड्रोपोनिक चारा उत्पाद लेने वाले किसी दूध उत्पादक के गोशाला से वह भेंट करते हैं। गोविंद डेअरी में नये प्रयोग करते हुए अपने पास उपलब्ध होनेवाले साधन सामग्री का ही मुख्यतः उपयोग में लाया जाता है। इससे ऐसे तकनिक का प्रसार तेजी से हो जाता है। ऐसा कम लागत का हायड्रोपोनिक चारा उत्पादन युनिट पशुपालक बड़े ही उत्साह के साथ तैयार करते हैं। थोडे समय के बाद वातावरण में बदलाव आ जाता है, उसके अनुसार इस हायड्रोपोनिक चारा युनिट में भी बदलाव लाना आवश्यक होता है, लेकिन ऐसे बदलाव लाने की जानकारी न होने के कारन उस मात्रा में उन्हें उत्पाद नहीं मिल पाता। फिर ऐसे में बुरशी (काई) बढ़ने की मात्रा भी बढ़ जाती है और फिर दूध उत्पादक हायड्रोपोनिक

पद्धति के चारा उत्पादन लेना बंद कर देता है, ऐसा अपप्रचार हो जाता है कि अपने क्षेत्र में हायड्रोपोनिक चारा उत्पादन नहीं होता या फिर यह तकनिक योग्य नहीं हैं। इसीलिए कम लागत का चारा उत्पादन लेते हुए, साल के सभी ऋतुओं में किस तरह से बदलाव लाए, क्या सावधानी बरतें, इसकी जानकारी लेना आवश्यक है। इस पद्धति से चारा उत्पाद में सफलता प्राप्त करनेवाले दूध उत्पादकों के साथ साल भर संपर्क में रहकर, आनेवाली कठिनाइयों पर चर्चा करना आवश्यक होता है। ऐसा करने से यह तकनिक बहुत ही आसान लगेगी।

बीजों की गुणवत्ता

हायड्रोपोनिक चारा युनिट में गुणवत्तापूर्ण चारा तैयार होने के लिए उचित बीजों का उपलब्ध होना बहुत ही महत्वपूर्ण है। आजकल आधुनिकीकरण के कारन हम दँवनी का काम यंत्र से करतें हैं। लेकिन अगर उसका व्यवस्थापन अच्छी तरह से न हुआ तो बीजों के अंकुर को हानी पहुँच सकती है। ऐसे बीज बाद में हायड्रोपोनिक युनिट में अंकुरित नहीं हो पाते। उनकी वृद्धी न होकर उलटा उनके कारन बुरशी (काई) बढ़ जाती है, और अपना नुकसान हो सकता है। इसलिए हात से दँवनी किए हुए बीजों का मिलना महत्वपूर्ण है या फिर यंत्र पर कियी हुई दँवनी को योग्य तरह से करना आवश्यक है। अच्छी गुणवत्ता के बीजों का नियोजन भी हमें आना चाहिए। नहीं तो बहुत से हायड्रोपोनिक चारा उत्पादन करनेवाले पशुपालकों को अच्छे बीजों की उपलब्धता न होने के कारन हायड्रोपोनिक चारा उत्पाद बंद करना पडा है। इस कठिनाइ का योग्य नियोजन करने के लिए अधिक तर अपने ही खेत में मकई का उत्पादन ले; या जान पहचान वाले किसान, जिसके यहाँ होनेवाले पद्धती पर आपका भरोसा है, ऐसों से मकई की खरीदारी का नियोजन करें।

रोगप्रादुर्भाव

हायड्रोपोनिक पद्धति से चारा उत्पादन लेते हुए, उसकी गुणवत्ता को कायम रखना महत्वपूर्ण है। इसमें आनेवाली सबसे महत्वपूर्ण कठिनाई याने अगर अच्छी तरह से देखरेख न रखे तो बुरशी (काई) होने की संभावना अधिक होती है। इसलिए बहुत से दूध उत्पादक जानकारी लेकर अच्छा खासा हायड्रोपोनिक चारा उत्पादन लेते हैं; लेकिन बाद में बुरशी (काई) और अन्य रोग निवारण की पूरी जानकारी न होने के कारन चारा उत्पादन लेना बंद कर देते हैं। इस बात की कठिनाई को दूर करने के लिए रोग नियंत्रण करने के लिए नीचे दिए गए उपायों की जानकारी लेकर उनका योग्य नियोजन और सावधानी बरतना आवश्यक है।

हायड्रोपोनिक पद्धति से चारा उत्पादन लेते हुए सावधानी ऐसे बरतें

हायड्रोपोनिक युनिट द्वारा चारा उत्पादन लेने के अनेकों फायदे पशुपालकों को समझ में आने की वजह से अब इस पद्धति की तरफ झुकाव बढ़ता हुआ दिखाई दे रहा है। एकदम सीधे पद्धति का हायड्रोपोनिक युनिट देखने के बाद उनके मन में इस पद्धति से चारा उत्पाद लेने की मानसिकता तैयार हो जाती है। जिस आसान पद्धति से यह यंत्रणा तैयार की गई है, उसी मात्रा में उसमें वातावरण नियंत्रण के लिए आवश्यक होनेवाली सावधानी भी बरती हुई है। अनेक लोग इसी बात को भूल जाते हैं। थोडे दिनों तक वह अच्छा नियोजन कर

हायड्रोपोनिक तकनिक में शेडनेट में चारा उत्पादन लिया जाता है।

लेते हैं। उन्हें ऐसे हायड्रोपोनिक चारा उत्पाद से लाभ भी होता है। लेकिन कुछ दिनों के बाद वातावरण में नीचे हुए तरह से बदलाव आता है -

- तापमान कम अधिक होता है।
- बीज अच्छे नहीं होते।
- सफाई ठीक तरह से नहीं होती।
- पानी की गुणवत्ता अच्छी नहीं होती।
- तंत्र वातावरण निर्माण होता है।
- आर्द्रता (नमी) बढ़ जाती है।

ऐसे अनेक कारनों से चारा उत्पादन आवश्यकता के अनुसार नहीं मिलता और पशुपालक हैरान हो जाते हैं। ऐसे परिस्थिती में भी कुछ पशुपालक उसमें शास्त्रीय दृष्टीकोन से कुछ बदलाव लाकर अपना हायड्रोपोनिक चारा उत्पाद साल के तीनों मौसमों में सफलता से चालू रखते हैं।

लेकिन कुछ पशुपालक, इस बारे में होनेवाली कम जानकारी के कारन चारा उत्पाद में होनेवाली नियमितता को टिका नहीं पाते। वह ऐसा उत्पादन लेना बंद कर देते हैं। 'हमारे यहाँ के वातावरण में हायड्रोपोनिक चारा उत्पाद नहीं हो सकता' इस तरह का अपप्रचार भी किया जाता है। सफल पशुपालकों के द्वारा कीयी हुई हायड्रोपोनिक चारा उत्पादन की पद्धति अगर उपयोग में लाए तो अपने क्षेत्र में भी यह तकनिक पूरी तरह से सफल साबित हो सकता है। हमने बहुत से पशुपालकों को उपरोक्त विषयों से परिचित करा दिया है जिसके कारन वह हायड्रोपोनिक चारा उत्पादन में सफल हो गये हैं। वातावरण के अनुसार बदलाव लाकर, कठीनाइयों का सामना करते हुए उन्होंने इस तकनिक का उपयोग कर अपना लाभ कर लिया है।

अपने क्षेत्र के पूरे वातावरण के पूरे साल भर के अध्ययन को ध्यान में लेकर अपना हायड्रोपोनिक युनिट कैसा हो, इसका निर्णय आप ले सकते हैं। इनमें सबसे महत्वपूर्ण घटक हैं -

- आपको सालभर अच्छी गुणवत्तावाले बीज़ (बीज़ों की गुणवत्ता इस परिशिष्ट में दिए गए जानकारी के अनुसार) उपलब्ध कैसे होंगे? यह देखना पड़ता है। अगर आपके पास बीज़ों की कमी होगी तो, परिचित किसानों से अपने निकषों के अनुसार बीजों को उपलब्ध कर लेना महत्वपूर्ण है।
- अपने क्षेत्र में पर्जन्यमान कितना है और उसके अनुसार हायड्रोपोनिक चारा उत्पादन की कैसी निगरानी लें? इसकी जानकारी लेना आवश्यक है।
- अपने क्षेत्र का तापमान अधिक से अधिक और कम से कम कितना है, इस विषय पर भी चर्चा करके कम अधिक होनेवाले तापमान में किस तरह उत्पादन ले, इसकी जानकारी लें।
- अधिक पर्जन्यमान होनेवाले या समुद्र के निकट के क्षेत्र में आर्द्रता नियंत्रण का काम महत्वपूर्ण होता है। वह योग्य तरह से करने के लिए इस तकनिक की अच्छी जानकारी लेकर अधिक से अधिक चारा उत्पाद ले सकेंगे और उत्पाद की नियमितता भी कायम रख सकेंगे। अधिक नमी होने पर और वायुज (हवा अच्छी तरह से घुल मिल सकें ऐसी व्यवस्था) कम होने पर छोटे कीडें होने की संभावना बढ़ती है। इसलिए इस बात के लिए उपयुक्त उपायों की जानकारी होना नियमित रुप से सफल हायड्रोपोनिक चारा उत्पादन लेने के लिए आवश्यक है।

●

५

प्रथम हायड्रोपोनिक चारा युनिट का निर्माण

दूध व्यवसाय का ग्रामीण विकास में बहुत महत्व का योगदान है। इससे ग्रामीण क्षेत्र में अच्छा कमाई का साधन उपलब्ध हो रहा है यह उत्पन्न का महत्वपूर्ण साधन है। पारंपारिक चारा उत्पादन पद्धति में अगर हम ज़मीन और वातावरण के बारे में सोचें तो हमें बहुत ही सीमाएँ दिखाई देती है। दूध व्यवसाय को अगर लाभदायक बनाना हो तो ताज़ा चारा अत्यंत महत्वपूर्ण है। इसीलिए हायड्रोपोनिक पद्धति से चारा उत्पादन लेना लाभदायक सिद्ध हो सकता है। इस तकनिक से हम मकई, गेहूँ, ओट ऐसे ताज़े चारे की फसल उगा सकते हैं।

किसानों द्वारा प्राप्त दूध को उचित किमत देकर ग्राहकों को भी अच्छी किमत में दूध उपलब्ध कराने के हेतू से 'गोविंद डेअरी' को १९६६ में शुरु किया गया। दूध उत्पाद में आनेवाली कठिनाइयाँ पहचानकर, दूध उत्पादकों को आसान पद्धति से आधुनिक दूध व्यवसाय की पहचान करा दिये बगैर दूध उत्पादकों की आर्थिक प्रगति नही हो सकती, इस पर डेअरी व्यवस्थापन का पूरा विश्वास था। इसी से किसानों के रोजमर्रा के कष्टों को कम करना, एक गाय का दूध उत्पाद बढ़ाना, आधुनिक पद्धति का अवलंबन करके दूध उत्पादन का खर्चा कम करना, व्यावसायिक पद्धति से दूध का उत्पादन करना, पशु आहार, प्रजनन और पूरा व्यवस्थापन आदी में बदलाव लाना, इस सब के लिए डेअरी व्यवस्थापन हमेशा किसानों के साथ खड़ा है। इसीलिए दूध उत्पादकों की हित में बहुत से कार्य संपन्न हुए हैं। इसमें कम्युनिटी मिल्किंग पार्लर, मुक्त संचार गोशाला व्यवस्थापन पद्धति, मुरघस सुखाचारा प्रक्रिया, ताज़ा चारा उत्पाद, किसान दुग्ध व्यवस्थापन प्रशिक्षण केंद्र, सेंद्रिय दूध उत्पाद, करार पद्धति से चारा उत्पाद, आहार संतुलन, क्षार युक्त पाऊडर का उत्पादन, अझोला, गोशाले में स्वयंचलित तापमान नियंत्रण यंत्रणा, अंकुरित धानों का जानवरों

के आहार में उपयोग और हायड्रोपोनिक चारा उत्पादन युनिट आदी बातों पर सराहनीय काम हुआ है और देशभर के दूध उत्पादक किसानों को उससे लाभ हुआ है।

हायड्रोपोनिक चारा उत्पादन युनिट की संकल्पना, अंकुरित बीज़ों के उपयोग में से सामने आयी। गोविंद डेअरी के तत्कालिन व्यवस्थापकीय संचालक श्री गणपतराव धुमाळ के पढ़ने में एक किताब आयी, उसका नाम था 'लिव्हिंग फूड'! इसमें अंकुरित बीज़ों का उपयोग आहार में करने से बहुत सी बिमारीयाँ कम होती है, ऐसा लिखा हुआ था। इन अंकुरित बीज़ों में ऐसे बहुत सारे घटक होते हैं जिनके उपयोग से मनुष्य के शरीर में होनेवाले अन्नद्रव्यों की कमीयाँ पूरी हो जाती है।

मनुष्य ऐसा एक मात्र पशु है की जो पकाया हुआ अन्न ग्रहण करता है, और अन्य पशुओं की अपेक्षा अधिक बिमार पडता है। अंकुरित धान में बहुत सारी मात्रा में महत्वपूर्ण अन्नद्रव्य होते हैं और वह अपने शरीर के लिए बहुत आवश्यक होते हैं। इसमें जीवनतत्व, ऑरगॅनिक क्षार, अलग अलग एन्झाइम्स, अँटिऑक्सिडंट, अधिक उपयोगी होनेवाले प्रथिन इत्यादी की मात्रा अधिक उपयोगी संख्या में होती है। शरीर के लिए उसकी उपलब्धता बढ़ना बहुत ही महत्वपूर्ण है। साथही कुछ अपौष्टिक पदार्थ भी सामान्या अनाज में होते हैं। अंकुरित होनेपर उस धान में से उनका प्रभाव भी कम होता है। उदाहरण के लिए, सामान्यतः कच्चे सोयाबीन में ट्रिप्सीन इनबीटर रसायन होता है, इससे सोयाबीन के पाचन में कठिनाई उत्पन्न हो सकती है। लेकिन इसी सोयाबीन को अगर अंकुरित करके पशु को खिलाना जाय तो इस ट्रिप्सीन इनबीटर का परिणाम कम होकर सोयाबीन में होनेवाले अन्न घटक के पाचन में मदद होती है।

शुरु में अंकुरित धान का प्रयोग पशुओं के आहार में किया गया। उसका लाभ होता दिखाई दिया। इसमें मुख्यतः एकदलीय धान में मकई, गेहूँ, ओट इनका और द्विदलीय धान में सोयाबीन, मटकी, मूँग थे। ऐसा धान उपयोग में लाने से दूध के उत्पादन में वृद्धी होती है। साथही दूध की गुणवत्ता में सुधार हाने में भी मदद मिलती है। दूध का हलका पिला रंग बदलकर वह सफेद बन जाता है। दूध के स्वाद की मिठास बढ़ती है। गौओं में प्रजनन शक्ती बढ़ती है। खाए हुए आहार का पाचन बढ़कर गोबर गाढा आता है। ऐसे अनेक लाभों के कारन बहुत से किसानों ने अंकुरित धान का उपयोग पशुओं के आहार में करना शुरु किया।

मकई, गेहूँ, ओट इन एकदलीय धानों में से और सोयाबीन, मटकी, मूँग इन द्विदलीय

अधिक मात्रा में धान को अंकुरित करने के लिए धान को भिगोकर बारदान में बांधकर रखते हैं।

अंकुरित धान पशु बड़े च्याव से खाते हैं।

धानों में से कोई भी एक धान या अनेक धानों को बारा घंटों तक पानी में भिगोकर रखा जाता है। बाद में २४ से ३६ घंटे बारदान में बांधकर रखकर बाद में अन्य पशुखाद्य में मिलाकर खिलाया जाता है। इस तरह से एक किलो मकई से सामान्यतः दो किलो अंकुरित मकई का धान बन जाता है। तो एक किलो द्विदलीय धान से ढाई किलो अंकुरित धान तैयार हो जाता है।

अगर चार किलो पशु आहार एक जानवर को एक दिन में दे रहे हैं, तो उस में से एक किलो मकई कम करके, अंकुरित करके पशु को दें तो पशु खाद्य के खर्चे की मात्रा कम कर सकते हैं। साथही अंकुरित धान के, उपर बताए हुए लाभ भी दिखाई देते हैं। बहुत सारे किसानों ने अब अंकुरित धानों का, पशुओं के आहार में समावेश कर दिया है।

अनिल काका निंबालकरजी का हायड्रोपोनिक तकनिक से चारा उत्पाद

२०१२ में कुछ मात्रा में अकाल पड़ गया था और सरकार की तरफ से जानवरों के लिए छावनीयाँ खोल दी गई थी। फलटण के अकालग्रस्त क्षेत्र के बहुत से जानवर आसरे के लिए छावनीयों में थी। इन सब जानवरों को सहुलियत की किमत में चारा और पशु खाद्य दीया जाता था। लेकिन इन छावनीयों में चारा प्राप्त होने पर भी हररोज गुणवत्तापूर्ण इतना चारा कैसे उपलब्ध करा दिया जाए यह सरकार के सामने एक समस्या थी।

इसी काल में श्री अनिल काका निंबालकरजी के गोशाले के पशुओं पर अंकुरित धानों का प्रयोग चल रहा था। चारे की कमी का आगे आनेवाला संकट देखकर हायड्रोपोनिक पद्धति से चारा उत्पादन लेना तय किया। अंकुरित होने के लिए आवश्यक पद्धति का अच्छा अध्ययन भी हुआ था, लेकिन फिर भी हायड्रोपोनिक चारा तैयार करना एक कठिन चुनौती लग रही थी। हायड्रोपोनिक चारे का उत्पादन करने के लिए महंगी मशिने तो उपलब्ध थी लेकिन उनकी किमतों को देखकर अपने यहाँ वह बन पडनेवाली साबित होगी ऐसा लगता नहीं था। इसलिए पेड़तले, घरमें, और अन्य बहुत सारी पद्धतियों का अवलंब करके हायड्रोपोनिक चारा उत्पाद के लिए प्रयत्न किए गए। उसमें कुछ मात्रा में यश भी प्राप्त हुआ लेकिन व्यावसायिक पद्धति से हायड्रोपोनिक चारा उत्पादन कैसे करें? इसके लिए कोई स्पष्ट दिशा नहीं मिल रही थी।

इसी दरमियाँ भारतीय कृषी संशोधन संस्था (आय सी ए आर) में १५ लाख रुपयों का, हररोज ६०० किलो हायड्रोपोनिक चारा उत्पाद करनेवाला अत्याधुनिक युनिट देखने में आया। इस मशिन में प्रकाश, तापमान, आर्द्रता, पानी का नियोजन, आदी बातों के लिए यांत्रिकीकरन का कैसा उपयोग होता है? इसका अनिलजी ने बारीकीसी निरीक्षण किया। वह खुद भी इस तरह का युनिट कम लागत में बना सकते हैं, ऐसा विश्वास उन्हें लगा।

फलटण वापस आने के बाद अनिल काकाजी ने इस युनिट के निर्माण का काम हाथ में लिया। आठ दिनों में ही शेड नेट, बाँस, शहतून के पुराने ट्रे, स्प्रिंकलर, बीज़ली की मोटर और टायर की मदद से कम खचे का स्वयंचलित, प्रति दिन १५० किलो चारा उत्पादन देनेवाला, १० फिट लंबा और ८ फिट चौड़ा होनेवाला, हायड्रोपोनिक चारा युनिट केवल २५ हजार रुपये में तैयार हुआ। उसमें से तैयार होनेवाले चारे से अनिल काका

निंबालकरजी के दस जानवरों में हर एक को, हररोज १५ किलो ताज़ा चारा मिलने लगा। विशेष बात यह है कि अनिल काका निंबालकरजी के पासवाले गाँव में ही १००० जानवरों की छावनी खड़ी की थी जहाँ पर सरकार की तरफ से सहुलियत कि किमत पर चारा उपलब्ध किया जा रहा था। जानवरों को पिने के लिए टँकर से पानी दिए जाने के बावजूद अनिल काकाजी हररोज केवल २०० से ३०० लिटर पानी से १५० किलो ताज़ा चारा हायड्रोपोनिक पद्धति से ले रहे थे।

धीरे धीरे हायड्रोपोनिक चारा उपयोग में लाने के, ज्यादा से ज्यादा होनेवाले लाभ उनके ध्यान में आने लगे। आसपास के किसानों को भी, यह लाभ दिखाई देने पर, उन्होंने भी इस चारा उत्पाद तकनिक का अनुकरण किया। इसी से रोजाना २० किलो से लेकर १,००० किलो तक चारा उत्पादन करनेवाले हायड्रोपोनिक युनिट का निर्माण हुआ। शुरु में चारा युनिट बनने के बाद बहुत ही अच्छा चारा जानवरों को मिलने लगा। लेकिन वातावरण में कुछ बदलाव आने पर चारा उत्पाद में तकलीफें आने लगी। धीरे धीरे इसकी तकनिक ध्यान में आने के बाद ऋतु के अनुसार पानी नियोजन, शेटनेट की चौड़ाई, तापमान, आर्द्रता इस में कुछ बदलाव लाकर इन सभी तकलीफों पर मात करके पूरी क्षमता का हायड्रोपोनिक चारा युनिट विकसित किया।

आज देशभर में अनेकों ने इस युनिट की जानकारी लेकर ऐसी युनिट का निर्माण किया है। अनिल काका निंबालकरजी ने आजतक हजारों लोगों को इसका प्रशिक्षण दिया है।

●

६

हायड्रोपोनिक चारा उत्पादन की पद्धति

इस में हमें आवश्यक होनेवाले बीज़ों को याने मकई, गेहूँ, ओट इ. को पानी में बारा घंटों तक भिगों के रखें। उसके बाद वातावरण का निरीक्षण / अध्ययन करके सामान्यतः १२ से २४ घंटे बारदान में बांधकर रखे। इस पद्धति से इन बीज़ों को छोटे छोटे अंकुर दिखाई देने लगते है। बाद में यह अंकुरित बीज़ प्लास्टिक ट्रे में एक चौरस फिट के लिए ३५० ग्रॅम (सुखे धान का वजन) इस मात्रा में फैलाएँ।

यह सारे ट्रे एक सरी के से रखे जाते हैं। यह सारा युनिट शेडनेट से ढँका हुआ रहता है। ट्रे किसी भी आकार का हो सकता है, सिर्फ उस में से पानी हर जगह पर पहुँचना चाहिए और पानी उस में जमा भी नही होना चाहिए उसका पूरी तरहसे निकास होना चाहिए। वातावरण का अभ्यास करके इस अंकुरित धान पर निश्चित समय पर पानी का सिंचन किया जाता है। इस में आधुनिकता लाने के लिए स्प्रिंकलर्स तथा टायमर का उपयोग किया जाता है।

इस पद्धति से ८ से ९ दिनों में हमें अच्छी तरह से बढ़ा हुआ चारा दिखाई देता है। जो जड़ों के साथ जानवर को खाने के योग्य बना हुआ होता है। इस में एक किलो धान से सामान्यतः ८ से ९ किलो चारा तैयार होता है। ३ फिट लंबे और २ फिट चौड़े ट्रे से १६ से १८ किलो चारा तैयार होता है। जिससे जानवर की ताज़ा चारे की माँग पूरी की जा सकती है। (अन्य अन्न घटकों की माँग सूखे चारे से और पशु खाद्य से पूरी की जा सकती है।) इस तरह से एक ट्रे एक जानवर को एक दिन के लिए दिया जा सकता है। इस तरह से एक जानवर के लिए ७ ट्रे लगेंगे याने १० जानवरों के लिए कुल मिलाकर ७० ट्रे लगेंगे।

इस तकनिक में यांत्रिकीकरण से पानी देने के कारन कम काम में अच्छी गुणवत्ता का चारा तैयार होता है। यह परिश्रम बहुत ही आसान और किसी को भी करने लायक होने के कारन बहुत महत्वपूर्ण लगता है।

हायड्रोपोनिक तकनिक में मकई के चारे के उत्पादन के लिए एक किलो के लिए १.६३ रु. तो गेहूँ के चारे के उत्पादन के लिए २.३३ रु. खर्चा आता है।

१. बीज़

हायड्रोपोनिक चारा उत्पादन में बीजों का चयन बहुतही महत्वपूर्ण है। हायड्रोपोनिक पद्धति से चारा उत्पादन लेने के लिए गेहूँ, मकई, ओट आदि धानों का अधिक मात्रा में उपयोग हो सकता है और वह लाभदायक भी हो सकता है।

ज्वार हायड्रोपोनिक पद्धति के लिए योग्य अनाज नहीं है। इस के कोमल चारे में (अभी अभी उगे) एच सी एन (हायड्रो सायनाईड) नामक जहरीला पदार्थ होता है, जिससे जानवर को विषबाधा होने के की संभावना होती है। इसलिए हायड्रोपोनिक उत्पादन में ज्वार का उपयोग ना करें।

ठंडे तापमान की आवश्यकता होनेवाले चारा धानों के लिए, उदा. गेहूँ, ओट आदि का हायड्रोपोनिक तकनिक से अच्छा उत्पादन लेने के लिए कम से कम १० से १५ और अधिक से अधिक १५ से २१ अंश तक का सेल्सिअस तापमान आवश्यक होता है। साथही गरमी के वातावरण में हमें हायड्रोपोनिक पद्धति से उत्पादन लेते हुए मकई लाभदायक सिद्ध हो सकता है। उसके लिए कमसे कम १५ से २० और अधिक से अधिक २१ से २८ अंश सेल्सिअस का तापमान आवश्यक होता है।

२. बीज़ों की गुणवत्ता

हायड्रोपोनिक चारा उत्पादन में बीज़ों की गुणवत्ता और अंकुरित होने की क्षमता अच्छी होना आवश्यक है। इसलिए आवश्यक अनाज खरीदने से पहले १० से १५ किलो बीज़ खरीदकर उसकी अंकुरण क्षमता को जान ले। बाद में हम जरुरत की हिसाब से आवश्यक होनेवाले अनाज को खरीद कर रख सकते हैं।

बीज़ों की अंकुरित होने की क्षमता अगर अच्छी ना हों तो ऐसे अंकुरित न होनेवाले बीज़ ट्रे में ही सड़ जाते हैं और उस पर बुरशी (काई) का प्रार्दुभाव होने की संभावना होती है। इन बातों को ध्यान में न लेकर बहुत से पशुपालक किसान, बुरशी आने के बाद हायड्रोपोनिक पद्धति से चारा उत्पादन करना छोड़ देते हैं। इसीलिए अनाज को खरीदने से पूर्व ही बीज़ों की अंकुरण क्षमता की जाँच करने की सावधानी लेनी पड़ती है।

हायड्रोपोनिक चारे के लिए आवश्यक होनेवाले बीज़ खरीदते समय अधिक तर अपने क्षेत्र के किसानों के यहाँ से ही खरीदे क्योंकि अन्य क्षेत्र से या बाहरी राज्य से आये हुए मकई या गेहूँ की बीज़ों में बुरशीजन्य या विषाणुजन्य रोग का अंश होने की संभावना होती है और इसका परिणाम उत्पाद पर हो सकता है।

अधिक गतिवाले हार्वेस्टिंग यंत्र में अनाज को मलने से बीज़ के अंकुरों को बहुत बार हानी पहुँचने की संभावना रहती है। इसलिए हात से मले हुए या कम गतीवाले यंत्र में मले हुए बीज़ों का चयन मुख्यतः करें।

ज्वार की फसल हायड्रोपोनिक पद्धति से उपयोग करने के लिए योग्य नहीं है। इस फसल के नये नये उगे चारे में एच सी एन (हायड्रो सायनाईड) नाम का जहरीला पदार्थ होता है। इस पदार्थ से जानवर को विषबाधा होने की संभावना होती है। इसीलिए हायड्रोपोनिक उत्पादन में ज्वार का उपयोग कभी भी न करें।

३. बीजप्रक्रिया

चुने हुए बीज़ों में कोई भी बाहरी पदार्थ न रहें इसकी सावधानी लेनी चाहिए। अगर ऐसा कुछ दिखाई दें तो ऐसे बीज़ साफ कर के लें। बीज़ों में पहले से होनेवाली बुरशी (काई) या अन्य जीवजंतू योग्य वातावरण के मिलने से बढ़ सकते हैं। इसलिए हायड्रोपोनिक चारे में बुरशी (काई) या अन्य रोगों की घुसने की संभावना रहती है। बहुत बार स्प्रिंकलर में होनेवाले पानी के दबाव के कारन ऐसे जीवजंतू या बुरशी (काई) बढ़ती नहीं लेकिन पानी की मात्रा कम होने पर या पानी उसमें जम जाने पर इन रोगों का प्रादुर्भाव होता है।

इसे टालने के लिए बीज़ प्रक्रिया का उचित तरह से होना आवश्यक है। बीजों की अंकुरण क्षमता को बढ़ाने के लिए और बीज़ों से होनेवाले रोगों को नियंत्रित करने के लिए बीज प्रक्रिया बहुत आवश्यक है। अगर अपने बीज़ अच्छी तरह से बढ़ते हों और बुरशी (काई) का पादुर्भाव न हों तो बीज़ प्रक्रिया को टाला भी जा सकता है। बीज़ प्रक्रिया करने के लिए हम जैविक पद्धति से 'इएम द्रावण' का उपयोग करके और रासायनिक पद्धति से, याने 'सोडियम हायड्रो क्लोराइड' के द्रावण का उपयोग करके बीज़ प्रक्रिया कर सकते हैं।

इस प्रक्रिया को प्रभावशाली रुप से करने के लिए घर में ही बनाया हुआ सोडियम हायड्रो क्लोराइड (२०%) द्रावण लेकर उसमें बीज़ आधे घंटे तक भिगोकर रखें। बाद में बीज़ों को साफ पानी से धो ले, जिससे उन में होनेवाले रासायनिक अंश निकल जाएंगे। इस द्रावण में होनेवाले क्लोरीन के कारन बुरशी (काई) पर नियंत्रण आता है।

इ. एम. दुय्यम द्रावण (उपयोगी जीवाणू, मेपल ओर्गटेक, कोलकाता) १% द्रावण में आधा घंटा बीज़ भिगो के रखने से अच्छी तरह से सेंद्रीय पद्धति से बीज़ प्रक्रिया कर सकते हैं। इस इ एम के द्रावण में प्रकाश संश्लेषण के लिए आवश्यक होनेवाले जीवाणू कुछ मात्रा में होने के कारन उनके उपयोग से हायड्रोपोनिक चारे की वृद्धी अच्छी तरह से होती है। साथही इसमें उपलब्ध होनेवाले उपयोगी जीवाणू बुरशी (काई) और अन्य रोगों के जीवतंतूओं को बढ़ने से रोकते हैं। इसमें होनेवाले जीवाणू हायड्रोपोनिक चारे के वृद्धी के लिए उपयुक्त होने के कारन बीज़ प्रक्रिया करने के बाद ऐसे बीज़ों को बार बार धोने की जरुरत नहीं होती।

इस तरह से बीज़ प्रक्रिया करके हायड्रोपोनिक चारा उत्पादन में आनेवाली सम स्याओं को दूर कर सकते हैं।

४. बीजों को भिगोना

कुछ अत्याधुनिक मशिनों में धान को जिस स्थिती में है वैसे ही सूखा ही, ट्रे में डाला जाता है। बाद में नियमित रुपसे पानी के सिंचन से वह गीला होकर अंकुरित हो जाता है। इसमें अधिक से अधिक वातावरण को नियंत्रित रखने का प्रयास किया जाता है। बीजों को अधिक से अधिक अंकुरित होने के लिए हलके गरम (ऊनी) वातावरण की जरुरत होती है। एक ही छत के नीचे एकही समय अलग अलग तरह

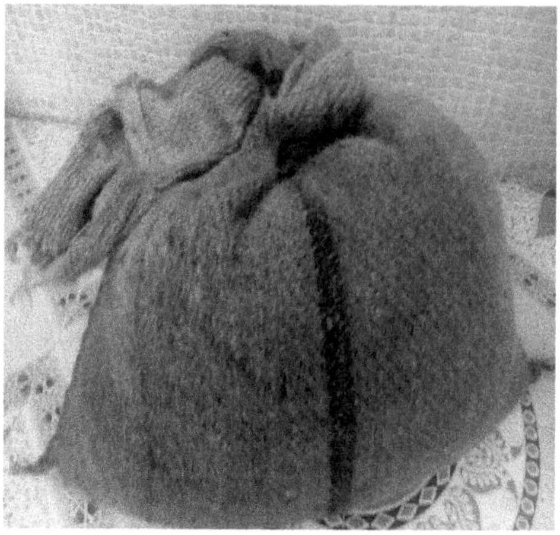 

बीजों को भिगाने के बाद बारदान में बांधकर रखें।

का तापमान नियंत्रित करना खर्चेवाला और कठिन काम है। इसलिए कम लागत की मशीन से हम यह फायदा उठा सकते हैं।

इससे अधिक उत्पादन मिलने में मदद मिलती है। इसके लिए सामान्य मशिनमें बीजों को एकदम से ट्रे में डालने की अपेक्षा उन्हें पानी में १२ घंटों तक भिगोकर रखने से बीजों की अंकुरण क्षमता बढ़ती है। भिगोकर रखने से सभी बीज अच्छी तरह से गिले हो जाते है। हलके गरम (ऊनी) वातावरण में बीज अच्छी तरह से भिग जानें हैं। ठंडा तापमान होने पर पानी को गुनगुना करके उसमें बीज़ों को भिगोंकर रखने से वह अच्छी तरह से भिग जाते हैं।

५. बारदान में बांधकर रखना

अत्याधुनिक मशीन में इस तरह बीजों को बांधकर रखने की आवश्यकता नहीं होती। वहाँ पर एक बार बीज़ों को ट्रे में डाला, तो वह वहीं पर भिगकर, उनकी अंकुरण की प्रक्रिया वहीं पर शुरु होती है। लेकिन हमारे यहाँ के सामान्य मशीनों में बीज़ों को भिगोने के बाद उनको वातावरण के तापमान के अनुसार १२ से १६ घंटों तक बारदान में बांधकर रखने से, बीज़ों को अंकुरित होने के लिए अच्छा हलका गरम (ऊनी) वातावरण उपलब्ध होता है। साथही बारदान भी गीला होने के कारन बीज़ों को आवश्यक होनेवाला पानी भी उन्हें बारदान से मिलता है, यह कम लागत में अधिक उत्पाद देनेवाली पद्धति है, इसमें थोडे अधिक प्रयास लगते हैं, लेकिन पूरे उत्पाद में होनेवाली वृद्धी को देखते हुए इस पद्धति को स्विकारना निश्चित ही लाभदायक है। आयसीएआर के वैज्ञानिक डा. नाईकजी ने इन दोनों पद्धतियों का अध्ययन करके यह निष्कर्ष निकाला था, कि उन्हे उच्च तकनिकी हायड्रोपोनिक चारा युनिट की अपेक्षा इस सीधे कम लागत में होनेवाले हायड्रोपोनिक चारा युनिट में ३० से ३५ प्रतिशत उत्पाद अधिक मिलता है। इस सीधे यंत्र में इस तरह से बदलाव करने से यह ज्यादावाला उत्पाद मिलता है।

६. ट्रे में बीज़ों को डालना

अच्छी तरह से अंकुरित हुए बीजों को बादमें ट्रे में फैलाया जाता है। ट्रे में होनेवाली बीजों

ट्रे में बीजों को डालने के बाद हमें ज्यादा काम नहीं रहता। लेकिन आगे की संभावनाओं को बार बार जाँचना पड़ता है।

- **सब जगह पानी पहुँच रहा है या नही**
- **सब जगह पर चारा एकही सरिका बढ़ रहा है या नही**
- **चारे में कहीं पर कीट या रोग तो नही है**
- **तापमान में कुछ बदलाव हैं क्या?**
- **आर्द्रता कम है या अधिक!**

इन घटकों के अनुसार नियोजन में बदलाव करना पड़ता है।

की चौडाई भी उत्पादन वृद्धि के लिए बहुत ही आवश्यक है। सामान्यतः ३ × २ फिट के लिए ३५० से ४०० ग्रॅम बीजों का हम उपयोग कर सकते हैं। इससे अंकुरित बीजों की वृद्धि भी अच्छी होती है साथही जडों में जाली भी अच्छी होने से पानी भी पूरी तरह से निकल जाता है। और अंकुरण क्षमता में वृद्धि होने से बुरशी की संभावना भी कम होती है। सीधे शब्दों में अगर बताना हों तो ट्रे में बीज ऐसे डाले जिससे ट्रे में होनेवाली कम अधिक उंचाई सीधी तरह से बीजों से ढँक जानी चाहिए।

बीजों को ट्रे में डालते हुए, उन्हें इस तरह सँभलकर डाला जाए जिससे उनके अंकुरों को कोई हानी ना पहुँचे। हायड्रोपोनिक में बीजों को डालते हुए ऐसे डाले, जिससे बीजों का अच्छा सा स्तर निर्माण हों, जिससे बीजों में हलका गरम (ऊनी) वातावरण निर्माण होगा, और जिससे बीज गति से अंकुरित होंगे। अगर ठंड की मात्रा अधिक हो और बीजों को अंकुरित होने में देर लगती हो तो ऐसे ट्रे पर बारदान को गीला करके डाले, जिससे अंदर के बीजों को हलका गरम (ऊनी) वातावरण मिले और उनकी वृद्धि जल्दी से हों। इस बारदान को हम १ से ३ दिन तक रख सकते हैं बाद में निकाल दें।

७. आर्द्रता नियंत्रण की आवश्यकता

बीजों को ट्रे में अच्छी तरह से फैलाने के बाद वातावरण का तापमान, हायड्रोपोनिक चारा यंत्र में होनेवाली नमी इनका अध्ययन करके हमें स्प्रिंकलर से पानी डालने की नियमितता को तय करना पडेगा। पानी के नियमितता पर हायड्रोपोनिक चारा यंत्र की उत्पाद की सफलता काफी हद तक अवलंबित है। इसलिए इसमें होनेवाले पानी व्यवस्थापन की तकनिक ध्यान में रखकर उस तरह से नियोजन करने पर हायड्रोपोनिक चारा अच्छी तरह से बढेगा ही। और चारे पर होनेवाले रोगों का भी

पहले दिन की वृद्धि

दूसरे दिन की वृद्धि

तिसरे दिन बढा हुआ चारा

चौथे दिन की वृद्धि

पाँचवे दिन की वृद्धि

छठे दिन बढा हुआ चारा

साँतवे दिन की वृद्धि

आँठवे दिन की वृद्धि

अच्छी तरह से नियोजन हो सकेगा। इस तंत्र से हम हायड्रोपोनिक छत का तापमान भी नियंत्रण में रख सकते हैं।

सर्व सामान्य तापमान में हम चार घंटों में २ से ४ मिनट तक पानी देने का नियोजन कर सकते हैं। ट्रे में अगर अच्छा झुकाव हो तो पानी अच्छी तरह से निकल जाता है। (पानी का निकास अच्छा होता है) इससे पानी सब जगहों पर ठीक तरह से पहुँचता है। पानी देने की यही नियमितता की मात्रा, अधिक तापमान में हम दो घंटों पर भी ला सकते हैं।

यह सारा काम हम हाथ से करने के बजाए एक यांत्रिक टायमर बिठाकर भी कर सकते हैं। ट्रे में बीजों को फैलाने के बाद हमें इतना काम नहीं रहता। केवल हमें कुछ संभावनाओं की जाँच करनी पडती है। वह इस प्रकार हैं -

- पानी सब जगहों पर ठीक से पहुँच रहा है या नही।
- चारे की वृद्धि सब जगह पर एक सरिके से हो रही है या नहीं?
- चारे में कहीं कीट या रोग का प्रार्दुभाव तो नहीं हुआ है।
- तापमान में कुछ बदलाव हैं क्या?
- आर्द्रता कम है या अधिक?

उपरोक्त कोई भी बदलाव अगर दिखाई

नौ वे दिन के बाद हायड्रोपोनिक चारे की गुणवत्ता में अधिक वृद्धि नहीं होती। नौ वे दिन के बाद चारे में अत्यावश्यक अन्नद्रव्यों की वृद्धि की अपेक्षा रेशेवाले पदार्थों की ही वृद्धि अधिक होती है।

जानवरों के शरीर के लिए रेशेवाले पदार्थों की अपेक्षा प्रथिनों तथा जीवनसत्व और उसमें होनेवाले उपयोगी घटक महत्व के होते हैं। इसीलिए उचित समय का ही चारा जानवरों को देना आवश्यक होता है।

दे तो अपने नियोजन में बदलाव लाकर उस समस्या पर मात कर सकते हैं। इस तरह से हररोज पानी देने से हायड्रोपोनिक चारे की वृद्धि अच्छी तरह से होती है।

८. आँठवे दिन की वृद्धि

(चित्र क्र. ८ में दिखाया जैसा) इस वृद्धि के बाद हायड्रोपोनिक चारा जानवरों के खाने के योग्य बनता है, वह हम जानवरों को दे सकतें हैं। हायड्रोपोनिक चारा ७ से ९ दिन में सामान्यतः अच्छी तरह से आवश्यकता के अनुरुप बढ जाता है। अगर नियोजन बहुतही अच्छा हो और वातावरण का साथ भी अच्छा रहा तो यह चारा ७ दिनों में ही तैयार होता है। नहीं तो पूरी तरह से बढने के लिए ८ से ९ दिन लगते हैं। अगर हम इसके गुणवत्ता की सारिणी को देखें तो नौ वे दिन के बाद हायड्रोपोनिक चारे की गुणवत्ता में अधिक वृद्धि नहीं होती। नौ वे दिन के बाद चारे में, अत्यावश्यक अन्नद्रव्यों की वृद्धि की अपेक्षा रेशेवाले पदार्थों की अधिक वृद्धि होती है। जानवरों के शरीर के लिए रेशेवाले पदार्थों की अपेक्षा प्रथिनों, जीवनसत्व और उस में होने वाले उपयोगी घटक अधिक महत्व के होते हैं। इसलिए उचित समय का ही चारा जानवरों को देना अत्यावश्यक होता है।

९. ट्रे की सफाई

खाली हुए ट्रे को बहुत सावधानी से साफ करना बहुत महत्वपूर्ण है। क्योंकि उपर से साफ दिखाई देनेवाले ट्रे में बहुत बार अनेकों जीवजंतू हो सकते हैं। उनका विपरित परिणाम हायड्रोपोनिक चारे के उत्पादकता पर हों सकता है। इसलिए तैयार हुए ट्रे में होनेवाला चारा जानवरों को खिला देने के पश्चात् ट्रे को साफ पानी से धों लें। बाद में प्रिल या किसी भी जंतुनाशक से निर्जंतुक करके फिरसे साफ पानी से धों लें। बाद में उस में आगे की चारा उत्पादन प्रक्रिया के लिए उपर बतायी हुई पद्धति से बीज डालें और पानी की योजना करें।

थोडे में, एक ट्रे को जानवर को डालने के बाद वह फिरसे ८ दिन में खाली हो जाता है। खाली ट्रे को साफ करके फिरसे बीज से भरना, यह सिलसिला चलता ही रहता है और हायड्रोपोनिक चारा उत्पाद की अखंडता नियमित रुप से टिकी रहती है।

●

७

हायड्रोपोनिक चारा उत्पादन के लिए अलग अलग युनिट

हमारे यहाँ उपलब्ध होनेवाले साधन सामग्री से आवश्यक होनेवाला चारा उत्पादन हायड्रोपोनिक तकनिक से करते हुए, तरह तरह की हायड्रोपोनिक युनिट हम तैयार कर सकते हैं। इसकी जानकारी प्रस्तुत अध्याय में ले लेते हैं।

१. अत्याधुनिक (हायटेक) युनिट

अत्याधुनिक हायड्रोपोनिक चारा युनिट के पीछे बहुत बडा इतिहास है। पश्चिमी देशों में तापमान कम ज्यादा होने की मात्रा हमारे यहाँ से अधिक है। इसीलिए ऐसी जगहों में वातावरण के आधार पर अवलंबित होनेवाले व्यवसायों में समस्याएँ आ सकती है इसी में से ऐसी सुविधाओं का जनम होता है।

अत्याधुनिक हायड्रोपोनिक चारा युनिट में पफपॅनेल उपयोग में लाया जाता है। हायड्रोपोनिक चारा युनिट और बाहरी वातावरण का आपस में बिलकुल संपर्क न हों ऐसी यंत्रणा उस में होती है। ऐसे युनिट में तापमान का नियोजन करने के लिए अलग अलग यंत्रणा होती है। अगर तापमान बढ़ गया तो इसमें होनेवाले कुलर, तापमान को कम कर देते हैं। इसका नियंत्रण अंदर बिठाए हुए सेन्सर की तरफ से किया जाता है। सेन्सर को दिए हुए संदेश की अपेक्षा तापमान अगर कम हुआ तो ये सेन्सर इस हायड्रोपोनिक चारा युनट में बिठाए गए गरम ाहट पैदा करनेवाले हिटर से आवश्यक उतना तापमान मिलने के बाद इस यंत्रणा को बंद कर देते हैं। इस तरह से इस मशीन में होनेवाले तापमान नियोजन का काम चलता है। इस में चारे की अच्छी वृद्धि हो इसलिए ओझोन की यंत्रणा को भी बिठाया जाता है। इससे इस यंत्र में होनेवाला वातावरण शुद्ध रहता है और बुरशी (काई) भी नहीं बढती।

यह युनिट पूरी तरह से या आधा बंद होने के कारन अंदर के चारे की वृद्धि के लिए

उच्च तकनिक वाला हायड्रोपोनिक चारा निर्मिती यंत्र

कृत्रिम बिजली की व्यवस्था की जाती है। इस बिजली की मदद से ही अंदर का चारा प्रकाश संश्लेषण की प्रक्रिया पूरी कर लेता है।

पानी का नियोजन उचित पद्धति से हो इसलिए इसमें स्प्रिंकलर का उपयोग किया गया है। पानी के व्यवस्थापन के लिए टायमर बिठाया जाता है, उसे दिए गए संदेश के द्वारा कितने घंटों में कितने मिनट पानी चालू रखना, इसका नियंत्रण होता है। इस हायड्रोपोनिक चारा युनट में उपयोग मे लाए गए पानी का पूर्नउपयोग होने के लिए यंत्र के बाहरी बाजू में एक फिल्टर बिठाकर पानी शुद्ध किया जाता है। इससे इस युनिट में पानी की बचत का अच्छा नियोजन हो जाता है।

उपरोक्त सभी यंत्रणा के लिए लागत अधिक आती है, इसके कारन इस प्रकार के प्रतिदिन ६०० किलो चारे की निर्मिती करनेवाले युनिट की किमत सामान्यतः १५ लाख के आसपास होती है। इसलिए उत्पादन खर्च अधिक आता है। इसमें उपयोग में आनेवाले पानी का पुर्नउपयोग करने की पद्धति को विकसित किया गया है। इस युनिट में अनेक प्रकार के चारे की फसल ले सकते हैं। ओट और गेहूँ के फसले के लिए ठंडा और सुखा वातावरण आवश्यक होने के कारन उसे नियंत्रित करने के लिए उत्पादन खर्च अधिक आता है।

२) मद्धम खर्चे का हायड्रोपोनिक चारा युनिट

हायड्रोपोनिक चारे को कम लागत के युनिट में भी तैयार किया जा सकता है, यह प्रयोगों से सिद्ध हुआ है। इसके लिए आवश्यक होनेवाला वातावरण हमें उपलब्ध करा देना

१.५ ब फीट के मांडनी का चित्र (रॅक)

पहला खाना आधे फीट की उँचाई पर और बाकी के खानों में डेढ़ फीट का अंतर रखा है।

आवश्यक होता है। इसलिए इस युनिट के लिए आनेवाली लागत भी कम / अधिक है। इस में एम. एस. या जी. आय. पाईप से छत बना सकते हैं। उसका पहला खाना जमिन से आधे फूट पर और बाद के सभी डेढ़ फीट की उँचाई पर करना ठिक रहता है। क्योंकि -

- इस उँचाई के अनुसार सब जगह पानी पहुँचने में मदद होती है
- चारे के वृद्धि के लिए काफी उँची जगह मिल पाती है।
- हायड्रोपोनिक चारा बढ़ने के लिए काफी जगह मिलने के कारन हवा अच्छी तरह से आती जाती रहती है।

  सूरज की किरनें भी अधिक से अधिक मात्रा में पहुँच पाती हैं। इससे चारा पिला न होकर गाढ़ा हरे रंग का तैयार होता है जो जानवरों के आहार के लिए अच्छा होता है।
- हवा के आते जाते रहने से वातावरण अच्छा रहता है और रोग पर नियंत्रण आता है।
- इस पद्धति में हम ५ खानों को अच्छी तरह से संभाल सकते हैं लेकिन अगर ५ से अधिक खाने बनाने हो तो सिढी का उपयोग करना पडता है। लेकिन बहुत से युनिट में ऐसा देखने को आया है कि पशुपालक ५ से उपर के खानों को इतना उपयोग में नहीं लाते, इसलिए ५ खाने होनेवाला यंत्रही उपयोग के लिए उचित लगता है।

इन खानों को बनाते हुए इनकी उँचाई डेढ़ फीट की रखी जाती है लेकिन उनकी लंबाई और चौडाई ट्रे के आकार के अनुसार तय की जाती है। इस प्रकार के युनट में ३ फीट लंबे और २ फीट चौडे इस आकार के ट्रे उपयोग में लाए जाते हैं। अलग अलग कंपनीयों के अलग अलग ट्रे रहते हैं। कुछ कंपनीयाँ पौने तीन ब दो फीट इस आकार का ट्रे बनाते हैं। इसलिए हमें खानों की निर्मिती करने के पूर्व ट्रे का चयन करना बहुत ही आवश्यक है। एक बार इस ट्रे का चयन पुरा हुआ तो उसके लंबाई - चौडाई के अनुसार हम खानों की

ट्रे को बीचों बीच आधार दिया है जिसका उपयोग स्प्रिंकलर लगाने के लिए होता है।

निर्मिती कर सकते हैं। यह ट्रे, अच्छी तरह से खानों में बैठना, यह भी सफल हायड्रोपोनिक चारा उत्पादन का एक आवश्यक अंग है। बहुत बार यह ट्रे अच्छी तरह अगर न बैठ पाएँ तो मजदूर लोग उनको अनुचित पद्धति से लगाते हैं। इससे ऐसे ट्रे में से पानी अच्छी तरह से निकल नहीं पाता परिणाम स्वरुप हमे योग्य उत्पाद नहीं मिलता।

रॅक्स् को तैयार करते हुए जिस तरह से उँचाई महत्वपूर्ण है उसी तरह इन रॅक्स् को दिया गया उतार भी महत्वपूर्ण है। यह उतार हम अंदर की बाजू की तरफ या बाहर की बाजू की तरफ भी कर सकते हैं। लेकिन इस उतार की दिशा की ओर पानी बहता हुआ आने के कारन पानी का गटर उसी दिशा में ही हों इसको अवश्य देखें।

इस उतार को सामान्यतः ३ फीट के ट्रे के लंबाई के लिए ६% से ८% ऐसा रखें। ऐसा उतार रखते हुए ट्रे की गुणवत्ता परख लेनी चाहिए; अगर उतार कम रखा और ट्रे अगर वजन के कारन झुक गया तो पानी जमा होकर रहेगा और बुरशी (काई) के बढ़ने योग्य वातावरण तैयार हो जाएगा। इस उतार को रखते हुए एक ही बात ध्यान में रखनी चाहिए कि पानी अच्छी तरह से निकल जाना चाहिए।

इस तरह से ढाँचा तैयार करते हुए, ट्रे

दो रॅकस् (मांडवीयों के) बीच में ४ फीट अंतर जरुरी होता है।

वजन से ना झुके इसके लिए हर एक ट्रे के नीचे, बीचों बीच एक आधार देने की जरुरत होती है। ट्रे के लिए यह आधार उपयुक्त तो होता ही है साथ ही पानी का स्प्रिंकलर जोडने के लिए भी इसका आधार हो जाता है।

हमने खडे किये रॅक (मांडनी) देंखे, उतार कैसे और कितना देना चाहिए यह भी देखा। अब एक रॅक में कितने ट्रे रखने चाहिए यह देखते हैं। रॅक तैयार करते हुए आधार कितने अंतर पर रखना चाहिए यह भी एक महत्व की बात है। सामान्यतः एक हायड्रोपोनिक चारे से भरें ३ ब २ फीट ट्रे का वजन लगभग १८ से २२ किलो के आसपास हो सकता है। इसलिए ऐसे कितने ट्रे का वजन रॅक उठा सकेगा, उस पर इनमें होनेवाला अंतर तय करना पडेगा। सामान्यतः एक रॅक के अंतर्गत उँचाई १.५ फीट, चौडाई ४ से ४.५ याने चार ट्रे बैठ सकेंगे ऐसा नियोजन किया हुआ होता है।

ऐसे ढाँचे में इस तरह के रॅक तैयार होने के बाद, उन्हें दोनों बाजू में रखकर बीच में, ट्रे निकालने के लिए और रखने के लिए जगह रखें। यह जगह सामान्यतः ४ फीट तक रख सकते हैं। जिससे चारे से भरा हुआ ट्रे सहजता से हम बाहर ले जा सकेंगे और फिरसे रख सकेंगे। इस जगह को रखते हुए इस तरह का विचार अवश्य करें कि ट्रे की यातायात में कष्ट न हों। और अधिक भी जगह न रखे, जिससे तापमान नियंत्रण का खर्चा भी न बढ़े इसकी सावधानी बरतनी पडती है। अपने यहाँ जगह अधिक है ऐसा सोचकर अगर ज्यादा जगह छोड दें तो तापमान और आर्द्रता नियंत्रण के काम में कठीनाई आती है।

ऐसे हम एम. एस. या गॅल्व्हा-नाईज एल पाईप का उपयोग करके सुयोग्य ढाँचा, तैयार कर सकते हैं। गॅल्व्हनाईज पाईपों को तो जंग

अ) सीधा आरेखन (ढाँचा)

ब) तिकोना आरेखन (ढाँचा)

क) अर्धगोल आरेखन (ढाँचा)

नही लगता, लेकिन एम एस पाईप जंग न पकडे इसके लिए उन्हें रंग देना आवश्यक होता है। साथही उन्हें ऐसे ढाँचे के उपरी हिस्से की तरफ हम शेड नेट से बंद भी कर सकते हैं। जहाँ पर बारिश की मात्रा अधिक है ऐसे क्षेत्र में हम उन्हे तिकोना या अर्ध गोलाकार भी कर सकते हैं।

ऐसा करने से बरसात में आनेवाला पानी बाहर निकलकर बारिश के समय हायड्रोपोनिक चारा उत्पाद पर होनेवाले दुष्परिणाम टल सकते हैं।

इस तरह का ढाँचा बाद में ९० प्रतिशत : १० प्रतिशत छाँव होनेवाले शेडनेट से ढँक ले। शेडनेट लगाते हुए हवा के झकोरे से वह ना हिले इस तरीके से बांध लें। शेडनेट अंदर का वातावरण नियंत्रित करने का बहुत महत्वपूर्ण कार्य करता है, इसलिए उसकी गुणवत्ता कायम रखनी होगी। अधिक तर हरे रंग के शेडनेट का ही प्रयोग करें। उत्पाद पर उसका अच्छा परिणाम होता है। उसे एक बाजू से पूरी तरह से बंद कर लें और दूसरी तरफ ताला होनेवाला दरवाजा लगाये।

‘ट्रे’ / तश्नरी का चयन

हायड्रोपोनिक पद्धति से चारा उत्पादन लेते हुए ‘ट्रे’ का चयन, और गुणवत्ता बहुत महत्व की होती है। अलग अलग युनिट में अलग अलग तरह के ट्रे उपयोग में लायें जातें हैं। इस तरह के युनिट का खर्चा कम करने के लिए कम लागत में अच्छे ट्रे उपलब्ध होना बहुत महत्वपूर्ण है। ‘ट्रे’ का चयन करते हुए, उसकी क्षमता, उसमें डाले जानेवाले बीजों से तैयार होनेवाले, हायड्रोपोनिक चारे का वजन सह सकनेवाली हो यह जरुर देखें। बोझ से अगर ट्रे बीचोंबीच झुकें रहें तो ऐसे ट्रे में पानी जम जाता है। परिणाम स्वरुप पानी अच्छी तरह से बाहर न निकलने के कारन बुरशी (काई) होने की संभावना बढ़ जाती है। इसलिए ट्रे का चयन करते हुए इन बातों पर विशेष गौर करें।

ट्रे ३ फीट लंबा या दो फीट चौडा इस तरह के या इसके आसपास के नाप में हों। यह आकार अधिक छोटा भी नहीं है और

बड़े ट्रे की आकृति

प्लास्टिक ट्रे

इकॉनॉमिक ट्रे

अधिक बड़ा भी नहीं है। अगर ट्रे इससे बड़ा हो तो एक मजदूर उसे आसानीसे नहीं उठा पायेगा। क्योंकि इस नाप के ट्रे में लगभग १६ से २२ किलो तक का चारा तैयार हो सकता है। इसके बजाए अगर छोटा ट्रे लें तो उसे रखने निकालने में इससे अधिक समय व्यतीत होता है और इससे मजदूरी का खर्चा बढ़ने की संभावना होती है। कम आकार के ट्रे के लिए ढाँचा तैयार करते हुए अधिक खर्चा आता है। इसीलिए ट्रे खरीदते समय उचित आकार का चयन करें। बहुत बार कम लागत की युनिट में बड़े आकारवाले ट्रे कि किमत किफायती साबित नहीं होती। ऐसे में छोटे ट्रे उपयोग में लाकर हम उत्पादन ले सकते हैं।

ट्रे के जरिए सारे बीजों के एक सरिका पानी मिलने के लिए ट्रे में छोटे से चढावों की कतारें होना आवश्यक है। इनके जरिए ट्रे में आनेवाला पानी पूरे ट्रे में समान मात्रा में पहुँचने में मदद मिलती है। ट्रे में कतारों या इन चढावों के हर कतार के अंत में एक छेद रहता है, इससे ज्यादा का पानी का निकास होता है। ट्रे के दोनों बाजू में जिस मात्रा में कतारे होती हैं उस मात्रा में छेद रखें हुए होते हैं। क्योंकि अगर एकाध बार यह ट्रे उलटी तरफ से रखे गए तो भी पानी नहीं जमेगा और काम करनेवाले व्यक्ती को भी हर बार ट्रे को एक ही तरफ से लगाने के लिए समय खर्च नहीं करना पडेगा।

ट्रे के दोनों तरफ ट्रे रखने के लिए जगह बनाई हुआी होती है। जिसके आधार पर यह ट्रे रॅक में अच्छी तरह से बैठ सकतें हैं। साथही इसकी मदद से ट्रे उठाने की भी व्यवस्था होती है। ट्रे रॅक में किसी भी तरफ से रखे तो भी चलता है।

पानी का नियोजन

इस युनिट में पानी का नियोजन करने के लिए

हम कितने ट्रे बिठाते है? इस से उनके लिए कितने स्प्रिंकलर्स लगेंगे, इसका अंदाजा ले सकते हैं। इसके बाद में उसके लिए कितनी एच. पी. (हार्स पॉवर) का बिजली का पंप लगेगा इसका नियोजन कर सकते हैं। सामान्यतः २०० ट्रे के आरेखन के लिए हमें २०० स्प्रिंकलर्स लगेंगे। इसमें एक २ एच. पी. का विद्युत पंप पानी की टंकी के पास लगाना पडता है। पंप से पाईप लाईन को हायड्रोपोनिक चारा युनिट की तरफ लेकर जाते हुए बीच में, उसे फिल्टर लगाने की आवश्यकता होती है। पानी में होने वाला कूड़ा स्प्रिंकलर में जाकर स्प्रिंकलर बंद हो जाने की संभावना अधिक होती है। इसलिए सवा से डेढ़ इंच की पी व्ही सी पाईप लाईन आरेखन तक लाए, बाद में उस एक पाईप लाईन के दोनों तरफ पाईप निकालें। इस हर एक पाईप के लिए एक व्हॉल्व्ह लगायें, इससे जब कभी हमें एकही लाईन को पानी देना हो तों उसका लाभ होगा।

इस पाईप से पाँच रॅक के लिए पाँच लॅटरल डालें और इन लॅटरल के जरिए हर एक ट्रे के लिए एक स्प्रिंकलर जोंडे। इस तरह से पानी की यंत्रणा तैयार हों जाती है। बिजली के पंपों को हम टायमर के माध्यम से ही बिजली देते हैं, इस टायमर पर हम अनेक तरह से पंप चालू या बंद करने के, समय का नियोजन कर सकते हैं।

पानी नियोजन के लिए आवश्यक चीजें -

अ. बिजली का पंप

आ. टायमर

इ. टंकी

ई. फिल्टर

उ. लॅटरल

ऊ. स्प्रिंकलर

इस तरह से हमारा थोडी सी लागत का हायड्रोपोनिक चारा उत्पादन युनट तैयार होगा। इस पद्धति का युनिट ज्यादा दिन टिकने वाला और मजबूत होता है। इस पद्धति का शेड अधिक क्षमता के लिए याने २०० से ६०० किलो प्रतिदिन तक का किया जाता है। यह रचना मजबूत होती है और अधिक काल तक चलती है। इस युनिट के लिए सामान्यतः पचास हजार से डेढ़ लाख रुपयों तक का खर्चा आता है। ऐसे युनिट के लिए लागत थोडी अधिक होते हुए भी उसकी क्षमता भी अधिक होती है, यह बात हमें ध्यान में रखनी चाहिए।

कम लागत का हायड्रोपोनिक चारा युनिट

इस युनिट में, हमारे पास उपलब्ध होनेवाले साधनों का अधिक मात्रा में उपयोग करके कम से कम लागत में यह युनिट बनाने का विचार होता है। छत की रचना बास या उपलब्ध लकडी से की जाती है। बहुत बार तो उपलब्ध वाले पर टिन की छत का या बाजूवाले दिवार का भी उपयोग किया जाता है। यह छत बाद में ९० प्रतिशत शेडनेट से ढाँक दिया जाता है। कुछ किसानों को शेडनेट के लिए खर्च करना मुश्कील होता है, ऐसे किसान पुराने बारदानों या पुरानी साडीयों का भी उपयोग करते हैं। सामान्यतः इस रचना में दोनों बाजू में तीन-तीन फीट लंबे बाँस के तीन या चार रॅक्स्

बनाएँ जाते हैं। इन रॅक्स् में सहुलियत के लिए सवा या डेढ़ फीट का अंतर रखना उचित होता है। जिससे स्प्रिंकलर से सब जगह पानी योग्य मात्रा में पहुँचने में मदद मिलती है।

इन दो रॅक्स् के (मांडणीयों के) बीच आने जाने के लिए तथा ट्रे को रखने और निकालने के लिए, ट्रे के आकार के अनुसार ४ फीट की जगह छोडी जाती है। पानी के लिए स्प्रिंकलर और टायमर का उपयोग किया जाता है। जिनको इतना खर्च करना संभव नही होता वे पीठ पर रखा जानेवाला पंप अथवा हाज़रा द्वारा पानी का नियोजन करते हैं। सामान्यतः २० से १५० किलो चारा तैयार करने के लिए ऐसे युनट का उपयोग किया जाता है। ग्रामीण क्षेत्रमें यह युनिट बहुत प्रसिद्ध है। इसको तैयार करने में अधिक खर्चा नही आता। सामान्यतः हररोज १५० किलो हायड्रोपोनिक चारा तैयार करने के लिए आवश्यक होनेवाले स्वयंचलित युनिट के लिए २५ से ३० हजार रुपये की लागत लगती है। इसमें पानी नियोजन पूरी तरह से स्वयंचलित होता है। सिर्फ टायमर के, अलग अलग ऋतुकों के अनुसार अलग

अलग सेटिंग्ज करने पडतें हैं। साथ ही ऋतु के अनुसार पानी की नमी को नियंत्रित करने के लिए शेडनेट के उचित नियोजन का आधार लेना पडता है।

रोजाना १५० किलो हायड्रोपोनिक चारा निर्मिती के युनिट के लिए १२ × ८ फीट जगह लगती है। इस युनिट में सामान्यतः एक के उपर एक ऐसी ४ कतारें खड़ी की जाती है लेकिन इसकी संख्या अगर हम ५ या ६ करें तो हमें जगह तो कम लगती है लेकिन ट्रे को निकालने और रखने में कठीनाई न हों इसकी सावधानी बरतनी पडती है। जगह के कमी की समस्या को सुलझाने के लिए एक के उपर एक ऐसी अधिक कतारें अगर हमने बनाई तो ऐसे वक्त सिढ़ी के आधार से हम इस समस्या को दूर कर सकते हैं। सामान्यतः ऐसी छत खड़ी करने के लिए ७५० फीट लंबाई वाले बास लगेंगे।

१. इस तरह की रचना में सोलह बाँस एक फीट ज़मीन में और ७ फीट ज़मीन के उपर ऐसे खडे कर दें। इसके लिए इनकी लंबाई सामान्यतः ८ फीट की होनी चाहिए, जिससे १ फीट बाँस को हम आधार के लिए ज़मीन में गाड सकेंगे। इस तरह से ढाँचे को खडा करने के लिए हमें ८ फीट के १६ याने कुलमिलाकर १२८ फीट बाँस लगेगा।

२. इसके बाद दोनों बाजू में चार चार कतारें खडी करें। इस तरह से कतारों को तैयार करते हुए पहली कतार के लिए ज़मीन से आधा फीट अंतर रखे, और आगेवाले दूसरी, तिसरी और चौथी कतार के लिए डेढ़ फीट अंतर होना आवश्यक होता है क्योंकि ट्रे में सब जगह पानी अच्छी तरह से पहुँचना आवश्यक है। साथही सब जगह सूरज के किरन पहुँचने में भी मदद होती है। आखरी कतार के लिए डेढ़ के बदले दो फीट जगह छोडे याने हमें ८ फीट लंबाई वाले बाँस लगेंगे और कुलमिलाकर उनकी उंचाई सात फीट होगी। एक कतार तैयार करने के लिए १६ फीट लंबाई वाल ३ बाँस लगेंगे, दो बाजू में दो और बीच में एक जो ट्रे के आधार के लिए आवश्यक है। इन कतारों को आडा आधार देने के लिए ४ जगहों पर ३ फीट के ४ बाँस लगेंगे, याने एक कतार तयार करने के लिए १६ फीट के ३ और ३ फीट के ४ ऐसे कुलमिलाकर एक बाजू में ४ और दूसरी बाजू में ४ ऐसी ८ कतारें तैयार करते हुए ४८० फीट बाँस लगेगा। इन कतारों को तैयार करते हुए अंदर की तरफ होनेवाला बाँस २ से ३ इंच से नीचे की तरफ लें, जिससे रखे हुए ट्रे में होनेवाला पानी पूरी तरह से निकल जाने में मदद होगी। सामान्यतः एक मीटर के लिए ५ से ८ सें. मीटर का उतार देने से पानी उचित मात्रा में मिल सकेगा। साथही अधिक मात्रा में मिला हुआ पानी अच्छी तरह से निकलकर बुरशी (काई) के प्रादुर्भाव की संभावना कम कर सकेंगे।

उसके बाद यह खडा हुआ ढाँचा उपरी तरफ से पूरी तरह से बंद करने के लिए छाते के आकार का छत बनाना पडेगा। उसके लिए १६ फीट के ३ बाँस और १० फीट के ८ बाँस लगेंगे। याने छत बनाने के लिए कुलमिलाकर १२४ फीट बाँस लगेगा। साथही दरवाज़ा और पिछे की तरफ का ढक्कन बनाने के लिए लगभग ७० फीट बाँस लगेगा। इस तरह से लगभग १५० किलो प्रतिदिन क्षमता होनेवाला हायड्रोपोनिक चारा युनिट बनाने के लिए कुलमिलाकर ८०० फीट लंबे बाँस लगेंगे। १८ फीट के एक बाँस की किमत सामान्यतः ६० रुपये ऐसा माने तो लगभग २,६६० रुपये का खर्चा बाँस के लिए आएगा।

इस तैयार हुए बाँस के ढाँचे को ९०:१० इस तरह के शेडनेट से पूरी तरह ढँकना पड़ता

है जिससे हायड्रोपोनिक चारा उत्पादन के लिए आवश्यक होनेवाला वातावरण बनाना संभव हो जाता है। इस पूरे १६ ब ९ फीट आकार के ढाँचे के लिए १० फीट चौडी ७५ फीट शेडनेट की जाली लगेगी। एक मीटर के लिए ७५ रुपये माना जाए तो लगभग १,७०० रुपयों का नेट लगेगा। इस युनिट में दोनों बाजू में कतारें बनायी हुई होती है, ट्रे को रखने निकालने के लिए बीच में ३ से ४ फीट खाली जगह रखनी पडती है। यह जगह खाली रखते हुए, यह देख लेना चाहिए कि ट्रे का आकार कैसा है? और चारे से भरा हुआ ट्रे आजूबाजू में धक्का न लगाते हुए अच्छी तरह से हम निकाल सकें। इस शेड के लिए बाँस का ही दरवाज़ा बनाकर शेडनेट से अच्छी तरह से ढँक लेना चाहिए। इस दरवाज़े का आकार भी ट्रे, की अंदर बाहर की चातायात बिना कठिनाई से कर सके इस तरह का होना चाहिए। ऐसे दरवाज़े पर ताला लगाकर रखें।

हायड्रोपोनिक चारा निर्मिती यंत्र के लिए ट्रे का चयन करना बहुत ही आवश्यक है। क्योंकि उसके लिए होनेवाले खर्चे में से ५० प्रतिशत खर्चा ट्रे के लिए होता है। साथ ही हायड्रोपोनिक चारे की गुणवत्ता और एक किलो बीजों के मिलनेवाला चारे का उत्पादन ट्रे पर अवलंबित होता है। साथ ही ट्रे के आंतरिक रचना के ऊपर पानी का ठिक से मिलना और पूरी तरह से निकल जाना दोनों ही बातें निर्भर होने कारन भी ट्रे का चयन करते हुए सावधानी बरतना जरुरी है। ट्रे अगर लचीला हो तो उस में उतार चढाव होता है ऐसे ट्रे में पानी एक जगह पर जमा हो जाता है यहाँ पर बीज सड़ने की प्रक्रिया चालू हो जाती है और बुरशी (काई) का प्रादुर्भाव भी हो सकता है। ट्रे का चयन करते समय ट्रे के दोनों बाजू में पानी पूरी तरह से निकल जाने के लिए छेदों का होना आवश्यक है साथही ट्रे में सब जगह पानी पहुँचने के लिए सीधी कतारें हो जिससे अगर ट्रे तिरछा भी हो तो इस कतार के कारन अंत तक पानी अच्छी तरह से मिल सके। हमने इस युनिट में रेशीम के उत्पादन के लिए उपयोग में आनेवाले ट्रे को ध्यान में रखकर हायड्रोपोनिक चारा युनिट तैयार किया है। इस ट्रे का आकार ३ फीट लंबा, २ फीट चौडा और ४ फीट उंचा ऐसा है।

इस तरह से हमारा हायड्रोपोनिक युनिट का पूरा ढाँचा तैयार हो गया है इस में जलसिंचन की यंत्रणा कार्यान्वित करने के लिए हमें २०० से ५०० लिटर की एक पानी की टंकी लगेगी। इस टंकी पर आधे एच पी की इलेक्ट्रिक मोटर बिठायी जाती है। पानी में होनेवाले कचरे से स्प्रिंकलर खराब न हो इसलिए इलेक्ट्रिक मोटर के आगे की तरफ एक फिल्टर जोडना पडता है। इसके बाद हर कतार के लिए एक स्प्रिंकलर जोडने का पाईप लगाकर हर एक ट्रे के लिए एक स्प्रिंकलर जोडना आवश्यक होता है। ट्रे के सारी बाजूओं में पानी पूरी तरह से मिल रहा है या नहीं यह देखकर स्प्रिंकलर की संख्या कम अधिक कर सकते हैं। हररोज १५० किलो हायड्रोपोनिक चारा उत्पादन करने के लिए कुलमिलाकर ६४ ट्रे लग जाएगे। तो एक ट्रे के लिए एक स्प्रिंकलर इस मात्रा में ६४ स्प्रिंकलर बिठाने पडेंगे। स्प्रिंकलर को ट्रे के बीचों बीच न बिठाकर उपरी तरफ बिठाए, जिससे पानी ऊपर से नीचे की ओर बहकर सारे बीजों को सम मात्रा में पानी मिल सकेगा। आजकल के किमत की हिसाब से अगर देखें तो बाजार में आधी एच पी इलेक्ट्रिक मोटर (२००० रु.), फिल्टर (१७०० रु.) स्प्रिंकलर (४०० रु.) उसके लिए लगनेवाली पी व्ही सी पाईप लाईन (२०० रु.), लॅटरल (३६० रु.), व्हॉल्व (१६० रु.) एंड कॅप (२० रु.) साथही स्थानिक डिजिटल २४ घंटे का टायमर

(१८०० रु.) आदी पानी के नियोजन के साधन लगेंगे। इस पद्धति में एक बार उपयोग में लाया गया हुआ फिर से उपयोग में नहीं लाया गया है। इसमें उपयोग में लाए गये स्प्रिंकलर भी सामान्य प्रकार के हैं बाजार में ऐसे स्प्रिंकलर ५ से ६ रुपयों में पाए जाते है। सब जगह पानी फँवारने की इनकी क्षमता भी अच्छी है यह स्प्रिंकलर जम जाने की मात्रा भी कम है और इसे आसानीसे साफ भी किया जा सकता है। इसमें हम अलग अलग तरह के टायमर जोड सकते हैं लेकिन उसमें निश्चित घंटों के अंतर में निश्चित मि नटों तक इलेक्ट्रिक मोटर शुरु करके बंद करने की सुविधा होनी चाहिए। इस तरह से हमारा रोजाना १५० किलो हायड्रोपोनिक चारा तैयार करनेवाला युनिट बन जाएगा।

इलेक्ट्रोनिक टायमर

निश्चित समय पर पानी के पंप को शुरु या बंद करने के लिए आदमी को वक्त निकालना पडेगा और उतना समय हमारे पास नहीं है, और अगर समय हो भी तो भी उस समय पानी मिल पायेगा या नहीं कह नहीं सकते। इसीलिए इलेक्ट्रोनिक टायमर को उपयोग में लाया जाता है। इसमें अलग अलग तरह के टायमर हो सकते हैं। इसमें विद्युत पंप कितने घंटों के अंतर से शुरु होना चाहिए और फिर कितने मिनिटों में बंद होना चाहिए इसका नियोजन हम कर सकते हैं। नीचे दिखाया गया टायमर एल टी कंपनी के अलग अलग उपकरणों से बनाया गया है। इसमें चौबीस घंटों के लिए २४ छोटे बटन दिए गए हैं। इसमें १ क्रमांक के बटन को पीछे की तरफ खीचने से पंप रात को १ बजे शुरु हो जाएगा। ४ वाला बटन ओढने से पंप रात को ४ बजे शुरु हो जाएगा। इस तरह से हम अपनी वातावरण की माँग के अनुसार इस बटन का उपयोग कर पंप कितने समय के बाद चालू करना है इसका नियोजन कर सकेंगे।

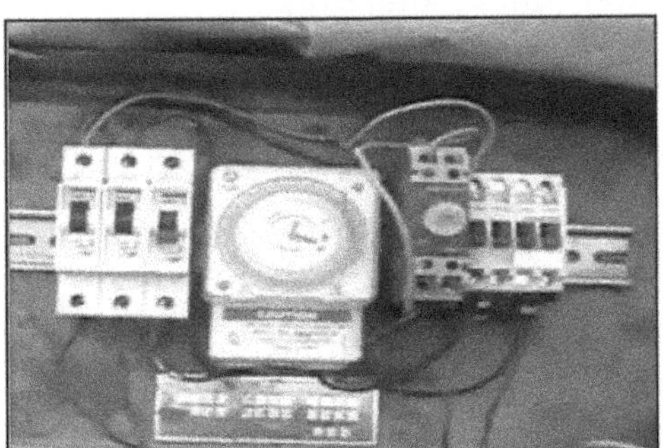

इलेक्ट्रोनिक टायमर

पंप चालू हो जाने बाद उसे कितनी देर तक चालू रखकर बंद करना है? इसका नियोजन करनेवाली अलग यंत्रणा इसमें होती है। इसमें एक काँटा होता है, उसे हम, हमें कितने मिनिटों तक पंप को चालू रखना है उस पर रखें तो पंप उस समय पर चालू और बाद में बंद हो जाता है। इसमें सामान्यतः २४ मिनिटों का नियोजन किया हुआ होता है। इस तरह से हम, चाहिए उस समय पर और चाहिए उतने समय तक पंप को चालू और बंद कर सकते हैं।

साथही बाजार में अलग अलग प्रकार के डिजिटल टायमर भी उपलब्ध होते हैं और इनमें कितने घंटों के बाद पंप को चालू करना है और कितनी देर चालू रख कर बंद करना है इसका नियोजन किया हुआ होता हैं। ऐसे अनेक तरह के टायमर की हम जाँच कर के जो ठीक लगे उसे उपयोग में ला सकते हैं। यह टायमर आधा एच पी से १ एच पी तक के भी उपयोग में ला सकते हैं।

विद्युत पंप

हायड्रोपोनिक चारा उत्पादन में समय पर और आवश्यक मात्रा में पानी मिलना बहुत महत्वपूर्ण होता है, उसके ऊपर ही चारे की उत्पाद क्षमता,

कम लागत के हायड्रोपोनिक युनिट के लिए कुल मिलाकर आनेवाला खर्च

इस यंत्र के लिए कुल मिलाकर आनेवाला खर्च

क्र.	वर्णन	वस्तू	किमत	पूरी किमत
१	१८ फीट बाँस	४४	६०.००	२६४०.००
२	शेडनेट ९०:१० (मीटर)	२२	७०.००	१५४०.००
३	नट / बोल्ट (किलो)	१	५००.००	५००.००
४	रंग (आइलपेंट लि.)	१	४००.००	४००.००
५	ट्रे ३ ब २ फीट पुराना रेशम	६५	२००.००	१३०००.००
६	लेटेंरल पाईप (फीट)			३६०.००
७	पी व्ही सी पाईप १ इंच (फूट)			२००.००
८	व्हॉल्व	१	१६०.००	१६०.००
९	पी व्ही सी एंड केप	२	४०.००	८०.००
१०	फिल्टर १	१	७००.००	१७००.००
११	इलेक्ट्रिक मोटर	१	३०००.००	३०००.००
१२	टायमर डिजिटल १	१	६५०.००	१६५०.००
१३	स्प्रिंकलर (जेट)	६५	६५.००	३९०.००
				२५,६२०.००

कम लागत का हायड्रोपोनिक चारा युनिट

विद्युत पंप

तापमान और रोग निवारण क्षमता निर्भर होती है। अगर हम हाथ से पानी देने का नियोजन कर लें फिर भी अपने अन्य कामों के नियोजन में हम उचित समय साध नहीं पाते और इससे उत्पाद घटता है। विद्युत पंप का उपयोग करते हुए उसकी क्षमता कितनी होनी चाहिए? यह हम कितने स्प्रिंकलर लगाने वाले है? और उनकी पानी देने की क्षमता कितनी है? इस पर निर्भर होती है। सामान्यतः १०० किलो प्रतिदिन हायड्रोपोनिक चारा उत्पादन के लिए हमें ३ ब २ फीट आकार के ४८ ट्रे लगेंगे। हर एक ट्रे के लिए एक इस तरह से अगर सोचे तो हमें ४८ स्प्रिंकलर लगेंगे। उनसे उचित मात्रा में पानी मिलने के लिए आधा से पौना एच पी का विद्युत पंप काफी हो सकता है। विद्युत पंप को जोडते हुए स्प्रिंकलर पर दबाव नियंत्रित करने के लिए एक रिटर्न व्हॉल्व लगाना भी आवश्यक है।

फिल्टर

फिल्टर

हायड्रोपोनिक चारा यंत्र में हम अलग अलग प्रकार के स्प्रिंकलर लगाते हैं, यह स्प्रिंकलर, पानी में होनेवाला कूड़ा या कचरे के कारन बंद न हो इसलिए विद्युत पंप के अंत में और स्प्रिंकलर के पहले इस फिल्टर को लगाना आवश्यक है। फिल्टर का उपयोग करने से सभी स्प्रिंकलर्स से एकसरीखा पानी मिलता है और हायड्रोपोनिक चारा भी एकसरीखा बढ़ता है।

स्प्रिंकलर

हायड्रोपोनिक चारा उत्पादन पद्धति में अच्छी तरह से पानी मिलना उत्पाद से जुड़ा हुआ है। इसलिए ट्रे के सभी क्षेत्र में एकसरीखा पानी फँवारने वाले स्प्रिंकलर हम उपयोग में ला सकते हैं। इसमें जेट स्प्रिंकलर - जिनकी किमत लग भग ५ से ७ रुपयों के आसपास हैं वह अच्छा काम करते हैं इसीलिए उन्हीं को

स्प्रिंकलर

फॉगर

४० किलो क्षमता का हायड्रोपोनिक चारा निर्मिती युनिट

जिन दूध उत्पादकों के पास ज़मीन नहीं है, लेकिन जानवरों के लिए ताज़ा चारा जरुरी है, ऐसे दूध उत्पादक कम लागत का हायड्रोपोनिक चारा युनट बना सकते हैं।

- ऐसे युनिट में पानी देने की यंत्रणा स्वयंचलित नहीं होती। पानी पिठ पर होनेवाले स्प्रे पंप से या हाज़रे से डालने की व्यवस्था करनी पडती है।
- इसके लिए सामान्यतः छोटे ट्रे उपयोग में लाए जाते हैं इनका आकार २ फीट लंबा और १.५ फीट चौडा ऐसा होता है, इस ट्रे की किमत ५० रुपये के आसपास होती है। रोजाना ४० किलो हायड्रोपोनिक चारा तैयार करने के लिए ३६ ट्रे लगेंगे।
- सामान्यतः रोजाना ४० किलो हायड्रोपोनिक चारा तैयार करने के लिए १० फीट लंबी और ६ फीट चौडी और ६ फीट उंची शेड / छत बनानी पडेगी। इस शेड में १० फीट लंबी तीन कतारें एक बाजू में और १० फीट लंबी तीन कतारें दूसरी बाजू में खडी करनी पडेगी। पहली कतार आधे फीट पर और उसके आगे की दूसरी और तिसरी कतार डेढ़ फीट के उँचाई पर खडी करें।
- अंतिम कतार के बाद दो फीट उँचाई पर शेडनेट को ढाँकने के लिए बाँस का ढाँचा तैयार कर लें। इस सब ढाँचे के लिए लगभग ३५० फीट बाँस लगेगा और इस ढाँचे को नेट से ढाँकने के लिए ८ फीट चौडी ४० फीट लंबी जाली लगेगी।

लगाना उचित है। साथही कभी कभी अधिक तापमान होने पर कुछ मात्रा में फॉगर्स का भी उपयोग कर सकते हैं। स्प्रिंकलर लगाते हुए वह कितनी दूर तक पानी फँवार सकता है और उसकी पानी देने की मात्रा कितनी है? यह भी ध्यान में रखना जरुरी है।

शेडनेट

हायड्रोपोनिक चारा युनट बनाते हुए कम लागत में वातावरण नियंत्रण करना यह बडी चुनौती होती है। इसका तापमान और आर्द्रता नियंत्रित करने के लिए शेडनेट की काफी मदद हो सकती है। सामान्यतः ९०:१० का याने (९० प्रतिशत छाँव और १० प्रतिशत धूप ऐसी क्षमता का) शेडनेट लगाकर अच्छा नियंत्रण रखा जा सकता है। शेडमें कहीं पर भी हवा अंदर बाहर आने के लिए जगह न रहें इसलिए नेट (जाली) को पूरी तरह से ढँक लेना साथही दरवाज़ा भी नेट का करना आवश्यक होता है। नेट लगाते हुए जमिन की तरफ लगभग एक से डेढ़ फीट तक मोड सके ऐसा लागायें। हायड्रोपोनिक चारा उत्पादन के कीट नियंत्रण के लिए यह करना आवश्यक है।

पी व्ही सी पाईप हायड्रोपोनिक चारा उत्पादन युनिट

कम लागत का हायड्रोपोनिक चारा उत्पादन युनिट तैयार करते हुए हमेशा अलग अलग विकल्प ढूँढना जरुरी है। इसीलिए पी व्ही सी पाईप के माध्यम से ऐसा चारा यंत्र बनाने का विचार सामने आया। पी व्ही सी पाईप की मदद से हम आगे बनाएँ हुए तरीकों से अलग अलग तरह के चारा उत्पादन युनिट बना सकते हैं।

१) यू पी व्ही सी पाईप (१ इंच का १० किलो दबाव क्षमता)

२) प्लंबिंग पी व्ही सी पाईप (१/२ इंच का ६ किलो दबाव क्षमता)

अब इसके बारे में हम विस्तार से देखेंगे -

१) यू पी व्ही सी पाईप (१ इंच का १० किलो दबाव क्षमता)

इस पाईप की वजन सहने की / झेलने की क्षमता अधिक होती है। इसमें हम जैसे बाँस की सहायता से ढाँचा तयार कर लेते है, उसी तरह यू पी व्ही सी की सहायता से यह ढाँचा तैयार कर सकते हैं। लेकिन सिर्फ यह पाईप म हंगे होने के कारन इनके अलावा हम कम खर्च के और उससे कम ताकदवाले पाईप इस्तमाल करें तों भी चल सकता है। यह प्रयोग से सिद्ध हो चुका है इसीलिए हमारे पास कम खर्च का विकल्प बाकी है ही

२) प्लंबिंग पी व्ही सी पाईप (१/२ इंच का ६ किलो दबाव क्षमता)

इस प्रकार के पाईप में कम लागत में और उचित तकनिक का प्रयोग करके हायड्रोपोनिक चारा उत्पादन युनिट की निर्मिती कर सकते हैं। इसके लिए आपको नीचे दिए हुए सारिणी में बतायें हुए साहित्य की आवश्यकता है -

इस तरह २०० १ इंच पी व्ही सी पाईपों का उपयोग करके इस पाईप के कटर की सहायता से, ढाँचा तैयार करने के लिए आगे

गोविंद पी व्ही सी हायड्रोपोनिक चारा उत्पादन युनिट ७० ट्रे क्षमता

वर्णन	वस्तू	किमत	कुलमिलाकर किमत
पी व्ही सी पाईप १ इंच	२०	१५०	३000.00
प्रिन्स टी १ इंच के लिए	२००	०१०	२000.00
कोने	२५	०८	०२00.00
स्प्रिंकलर	७०	०७	०४९०.00
ट्रे २ ब १.३ फीट	७०	**०६०**.00	४२00.00
तार		४१०.00	४१०.00
विद्युत पंप / एच पी और फिटिंग	१	२८00.00	२८00.00
टायमर	१	२000.00	२000.00
शेडनेट ९०:१० मीटर	१२	७५.00	०९00.00
मजदूरी			०६00.00
यातायात और खडा करने की मजदूरी			**०५00.00**
			१६,000.00

दिई हुई सारिणी में बतायें तरीके से टुकड़े कर लें।

गोविंद पी व्ही सी हायड्रोपोनिक चारा उत्पादन युनिट ७० ट्रे क्षमता

क्र.	आकार	संख्या
१	७ इंच के	४६
२	१० इंच के	३६
३	१३.६ इंच के	०८
४	१५ इंच के	३६
५	४६ इंच के	४६
६	८४ इंच के	०८
७	२ इंच के बुश	१००

उपर बताए तरी के से हिस्से बनाकर बाद में उपर आकृति में दिखाए पद्धति से जमिन पर पी व्ही सी पाईप का ढाँचा बना ले। इसके लिए ढ का उपयोग करें। यह ढाँचा बनाते हुए एक ४६ इंच का लंबा पाईप और एक १५ इंच का लंबा पाईप लेकर एक चौकोट बनाए और एक के उपर एक ऐसी पाँच कतारें तैयार करें। दो कतारों के बीच की उँचाई डेढ़ फीट की हो। इस तरह एक चौकोट में ३ ट्रे बिठेंगे और एक के उपर एक ऐसे ५ कतारों में १५ ट्रे बिठेंगे। ऐसा ही एक और चौकोट बना के इस चौकोट को जोड दिया तो ३० ट्रे का ढाँचा बन जाएगा। ऐसा ही एक ढाँचा इसके विरुद्ध बाजू में बनायें। जिससे एक बाजू में ३० ट्रे और दूसरी बाजू में ३० ट्रे ऐसा आपका ढाँचा तैयार होगा। इन दोनों ढाँचा में सामान्यतः ३

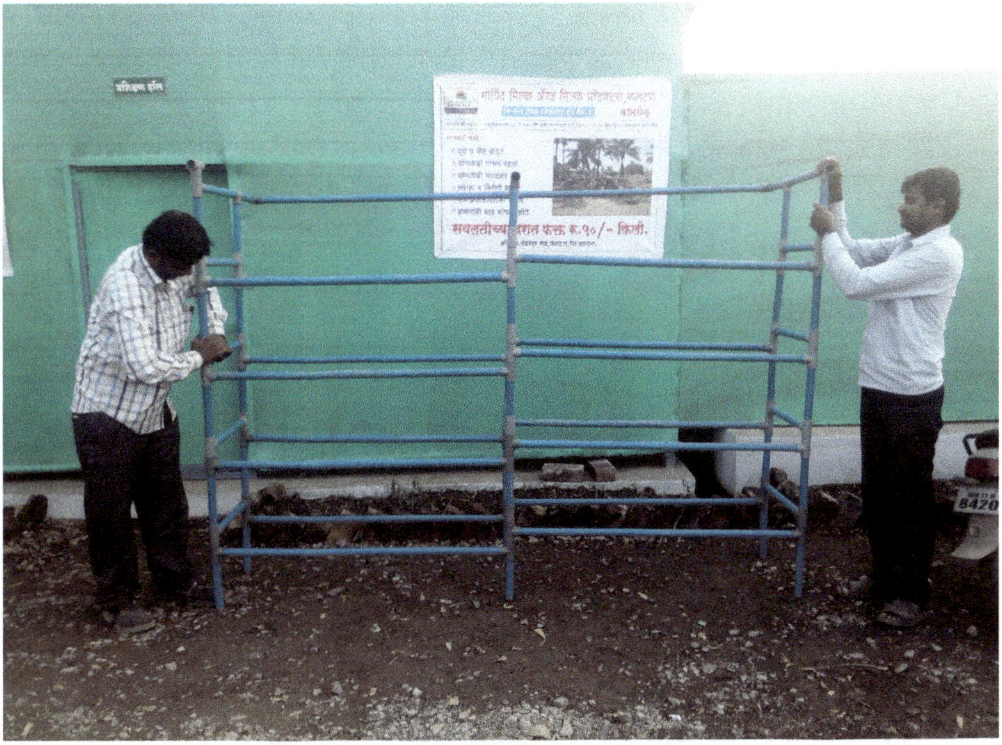

हायड्रोपोनिक चारा उत्पादन करने के लिए अलग अलग युनिट

से ४ फीट की जगह रखे जिससे आपको, ट्रे अंदर रखने के लिए और निकालने के लिए आने जाने में सहायता होगी।

यह युनिट भी बहुत ही किफायती और लाभदायक भी है। रोज़ाना ८० से १०० किलो चारा उत्पादन क्षमता होनेवाले हायड्रोपोनिक चारा उत्पादन युनिट में कुलमिलाकर ७० ट्रे रखने की योजना की है। इसमें एक इंच के पाईप का उपयोग किया गया है पूरे युनिट के लिए आपको २० पाईप लगेंगे। ये पाईप एक

दूसरे को जोडने के लिए २०० टी (ढ) का उपयोग किया है और ङ आकार के १२ सोकेट का उपयोग किया गया है। इसकी विशेषता यह है कि ट्रे को उतार देने की योजना भी इसी में की गयी है इसलिए पानी पूरी तरह से निकल जाता है और चारे की गुणवत्ता भी अच्छी होती है और इसमें, रोग के प्रादुर्भाव की मात्रा भी कम होती है।

इसमें ७० स्प्रिंकलर की सहायता से पानी देने की योजना कियी है। ५० ट्रे तक आधा एच पी विद्युत पंप और उससे अधिकवाले ट्रे के लिए हमें, एक एच पी विद्युत पंप का उपयोग करना पडता है। इस ढाँचे के लिए अलग अलग टायमर उपयोग में लाये जाते हैं। किमत और गुणवत्ता देखकर आप टायमर का चयन करें। बारीश का पानी बह जाए इसलिए इस ढाँचे को उपर से तिकोना बनाया है इसलिए युनिट भी अंदर से बडा लगता है और ट्रे निकालने में कठिनाई नहीं होती। इस ढाँचे को बाद में ९०:१० शेडनेट की सहायता से पूरी तरह से ढाँक लिया जाता है। और अंदर जाने के लिए शेडनेट का पर्दे जैसा दरवाज़ा बनाया जाता है। इस तरह से अपना ७० ट्रे वाला पी व्ही सी हायड्रोपोनिक चारा उत्पादन युनिट बन जाता है। इस में उत्पादन लेने की पद्धति पहले बनाए हुए जानकारी की तरह ही है।

यह युनिट बहुत ही किफायती होकर अधिक लाभदायक होने के कारण देशभर से बहुत से किसान आकर जानकारी ले जाकर अपने क्षेत्र में भी ऐसे युनिट बना रहे हैं। महाराष्ट्र से भी बहुत सारे किसानों की मात्राएँ इस जगह पर आ कर इस तरह के कम खर्च के युनिट की जानकारी लेकर अनेक क्षेत्र में ऐसा युनिट बनाकर अपना फायदा बना रहे हैं।

आधे इंच का पी व्ही सी

उपरोक्त पद्धति से हम आधा इंच पी व्ही सी पाईप से भी हायड्रोपोनिक चारा उत्पादन युनिट बना सकते हैं, लेकिन इसमें इतनाही बदलाव लाना पडता है कि एक कतार में तीन के बदले दो ही ट्रे रखे जाते हैं। जिससे उनका वजन ये पाईप सह सकेंगे। और इसमें कुछ अधिक बदलाव नहीं है। कम क्षमतावाला हायड्रोपोनिक चारा उत्पादन युनिट करने के लिए इस तरह की यंत्रणा का हम उपयोग कर सकतें है। जिन किसानों के पास ५-६ से भी कम जानवर हैं, ऐसे किसान इस तरह के युनिट बना सकतें हैं।

गोविंद पी व्ही सी हायड्रोपोनिक चारा उत्पादन युनिट ७० ट्रे क्षमता

वर्णन	वस्तू	किमत	कुलमिलाकर किमत
पी व्ही सी पाईप १/२ इंच	२०	८०	१६००.००
टी १/२ इंच के लिए	२००	०६	१२००.००
कोने	१३	०५	६५.००
स्प्रिंकलर	६०	०७	४२०.००
ट्रे २ ब १.५ फीट	६०	०६०.००	३६००.००
तार	१	८०.००	८०.००
विद्युत पंप १/२ एच पी और फिटिंग	१	२०००.००	२०००.००
टायमर	१	१२००.००	१२००.००
शेडनेट ९०:१० मीटर	१०	७५.००	७२५.००
मजदूरी			६००.००
यातायात और खडा करना			**०५१०.००**
			१२,०००.००

८

हायड्रोपोनिक चारा निर्मिती के महत्वपूर्ण घटक

हायड्रोपोनिक पद्धति से चारा उत्पाद करते हुए, बीज, पानी का नियोजन, रोग नियंत्रण, तापमान और आर्द्रता नियंत्रण इन चीजों का मुख्य रुप से विचार करना पडेगा। इन चीजों को देखकर ही स्थान/रुप भौगोलिक स्तर के अनुसार हायड्रोपोनिक चारा युनिट में बदलाव लाना पडता है। इसीलिए अगर किसी एक जगह पर पानी; चार घंटों में चार मिनट के लिए दिया जाता है तो दूसरी जगह यही पद्धति उपयोगी सिद्ध होगी ही ऐसा नहीं कह सकते क्योंकि उस जगह कि परिस्थिती अलग होगी। इसीलिए उपर दिए हुए सब घटकों के बदलाव के बारे में योग्य चर्चा होना जरुरी है।

इसी से हमें अपने बहुत सारे प्रश्नों के उत्तर प्राप्त होंगे। सभी कठिनाइयाँ हमारे साम ने तुरंत आ जाएंगी ऐसे नहीं क्योंकि अलग अलग वातावरण और परिस्थिती के अनुसार अलग अलग समस्याएँ सामनें आती हैं। उनको देखकर, समझकर योग्य नियोजन करके उनको सुलझाया जाए तो हायड्रोपोनिक चारा उत्पाद का अपना लक्ष्य हम प्राप्त कर सकेंगे।

हायड्रोपोनिक ट्रे

हायड्रोपोनिक चारा उत्पादन में सबसे अधिक लागत ट्रे में होती है। इसीलिए ट्रे के बारे में पूरी तरह से जानकारी रखना आवश्यक है। ट्रे कि गुणवत्ता पर ही हायड्रोपोनिक चारा उत्पादन की सफलता निर्भर होती है। बहुत बार हमारे यहाँ उपलब्ध होनेवाले साधनों का ही उपयोग करने के विचार में हायड्रोपोनिक चारा उत्पादन के लिए आवश्यक मूलभूत तकनिक को ही भूला दिया जाता है, इससे अच्छा उत्पाद नहीं आता। ट्रे का चयन करते समय आगे की मुद्दों को ध्यान में रखना आवश्यक है -

१. आकार

हायड्रोपोनिक चारा तैयार करते हुए मजदूरों के खर्चे पर भी गौर करना आवश्यक है। अगर ट्रे छोटे आकार का हो तो ऐसे ट्रे उपयोग

क्र.	वर्णन	वस्तू	दर	किमत
१	बाँस (१८ फीट)	२०	६०.००	१२००.००
२	शेडनेट ९०:१० (मीटर)	१२	७०.००	८४०.००
३	नट / बोल्ट (किलो)	१	२५०.००	२५०.००
४	रंग (आइलपेंट लि.)	१	२००.००	२००.००
५	ट्रे २ ब १.५ फीट	३६	५०.००	१८००.००
				४,२९०.००

में लाते हुए अधिक लोगों की आवश्यकता होती है। इसके बजाए अगर ट्रे बडे आकार के हों तो कम लोग लगेंगे। जैसा कि २ × १.५ फीट आकार के दो ट्रे बाहर लाने और अंदर रखने के लिए दो बार आना और जाना पडेगा, वहीं ३ × २ फीट के ट्रे के लिए एक ही चक्कर काफी होगी।

साथही ट्रे का आकार इतना भी बडा न हो कि उसे उठाने में मुश्कील हो। ट्रे लगभग ३ × २ फीट आकार का होना चाहिए।

२. ट्रे की मजबूती

जिस ट्रे में चारा उत्पादन लेना है वह चारे का वजन उठा सकने के योग्य होना चाहिए। ट्रे की बाजूएँ मजबूत होनी चाहिए, क्योंकि ट्रे का पूरा वजन इसी पर पडता है और रॅक पर यह बाजूएँ ही टिकी हुई होती है।

३. ट्रे के अंदर का ढाँचा

ट्रे में बीज डालते हुए किसी एक जगह पर ज्यादा और कहीं पर कम ऐसा न होकर एकसरीखा फैलाना आसान हो इसलिए ट्रे में होनेवाली कतारें सामान्यतः आधा से एक सें. मीटर उंची हों। जिससे पानी भी सब जगह एकसरीखा मिल सकेगा।

४. पानी का निकास

पानी का उपयोग उचित पद्धति से करने से चारे की वृद्धि भी अच्छी होती है, साथही रोगों का नियंत्रण करना भी आसान हो जाता है, इसके लिए उपर बताए हुए तरीके से ट्रे में आधा से एक सें.मी. उंचाई की कतारें तयार करनी पडेगी। इन कतारों की वजह से पानी एक जगह पर जमकर नही रहता, वह अच्छी तरह से निकल जाता है।

साथही ट्रे कि इन कतारों के अंत में पानी के निकास के लिए छेद किए हुए होते हैं। यह छेद ट्रे की दोनों बाजूमें करने से हम ट्रे कि कोई भी बाजू उतार की तरफ कर सकते हैं।

५. निर्जंतुकीकरण

हायड्रोपोनिक पद्धति में सफाई का बडा महत्व है। क्योंकि अगर सफाई अच्छी तरह से की गई हो तो रोगों का नियंत्रण करना आसान हो जाएगा। ट्रे ज्यादा उबडखाबड वाला न हों, ऐसा होने से उस में जीवजंतू छुपकर बैठेंगे और योग्य वातावरण मिलते ही उनकी वृद्धि होकर चारा उत्पादन में बाधा आएगी।

गुणवत्ता पर आधारित ट्रे का चयन करने से चारा उत्पादन में आनेवाली काफी समस्याएँ दूर हो जाती है।

ट्रे के अनेक विध प्रकार :

३ × २ फीट का सीधी सतहवाला ट्रे

इस ट्रे में कतारें न होने के कारन उसे आधार नहीं मिल पाता। इसलिए उठाने पर यह ट्रे तिरछा हो

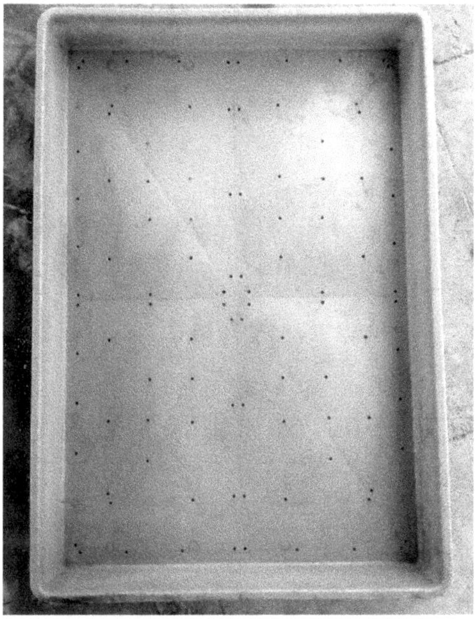

जाता है। साथही ऐसा ट्रे हायड्रोपोनिक चारा युनिट में कभी कभी धँस कर बैठ जाता है, इसलिए पानी पूरी तरह से निकलता नहीं है।

३ × २ फीट का ट्रे

यह ट्रे हायड्रोपोनिक चारा उत्पादन के लिए उचित है, इसमें दो प्रकार हैं

१) आडी कतारों वाला ट्रे

इस पद्धति के ट्रे में आडी छोटी छोटी कतारें होती हैं, इससे पानी कम लगता है और सब जगह पर अच्छी तरह से पानी पहुँच जाता है। लेकिन इस में ट्रे को अच्छी तरह से उतार देना आवश्यक है अगर उतार न दिया तो पानी पूरी तरह से निकलता नही, इससे बुरशी (काई) बढ़ जाने की संभावना अधिक होती है।

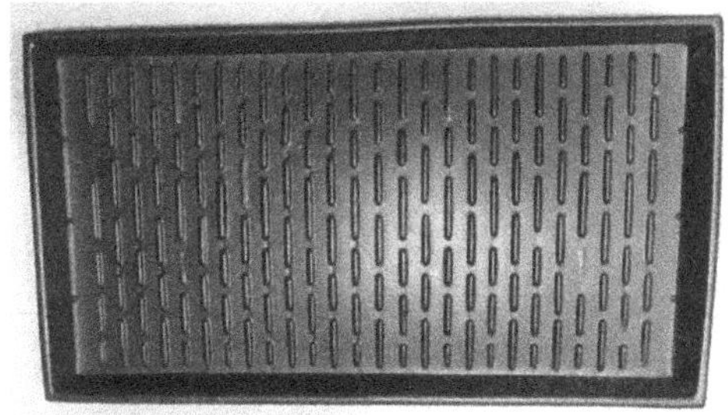

२) खडी कतारों वाला ट्रे

खडी कतारें होनेवाला ट्रे गुणवत्ता युक्त चारा उत्पादन के लिए आवश्यक है। क्योंकि इससे पानी अच्छी तरह से निकल जाता है साथही पूरी जगह में अच्छी तरह से पानी पहुँचता है। इस ट्रे को कम उतार होने के बावजूद पानी पूरी तरह से निकलता है।

३) कम लागत का छोटा गोविंद ट्रे

यह ट्रे बहुत ही सस्ता है, उसका आकार भी छोटा है। इस ट्रे को हायड्रोपोनिक चारा उत्पादन में आनेवाली कठिनाइयों का अध्ययन करके बनाया गया है। इस ट्रे की काफी माँग है। नये सिरे से हायड्रोपोनिक चारा बनानेवालों के लिए यह एक अच्छा विकल्प है। इस ट्रे का आकार २ फीट लंबा और १.५ फीट चौडा ऐसा है। इस में पानी के निकल जाने के लिए बीच बीच में छोटी छोटी कतारें तैयार की गयी है। पानी ट्रे से नीचे निकलें इस के लिए दोनो छोरों पर छेद किए गए हैं। यह ट्रे सस्ता जरुर है; लेकिन वह ज्यादा दिन टिकता नही है।

ट्रे में होनेवाली कतारें और पानी निकलने के लिए किए गए छेद

बीज

हायड्रोपोनिक चारा यंत्र में अलग अलग प्रकार के बीजों का उपयोग किया जाता है। उदा. मकई, गेहूँ, चौली, ओट इत्यादी। ठंडे प्रदेश में गेहूँ और ओट इनकी अच्छी फसल आती है। इसके विरुद्ध गरम प्रदेशों में मकई की फसल अच्छी आती है। हायड्रोपोनिक पद्धति में फसल के अनुसार पानी का नियोजन करना आवश्यक होता है, नहीं तो सारे बीजों तक अच्छी तरह से पानी न पहुँच कर बुरशी (काई) बढ़ने की अधिक संभावना रहती है। भारत में मक्के का उपयोग अधिक मात्रा में किया जाता है। मकई सहजता से और सस्ते में उपलब्ध होनेवाली और अच्छी वृद्धि होनेवाली फसल है।

बीजों को चुनते हुए वे साफ, अंकुरित होनेवाले, किसी भी जंतु से अबाधित और अच्छी गुणवत्ता वाले होने चाहिए। बहुत बार यंत्रपर मले हुए मक्के के बीजों का अंकुर ठिक तरह से नहीं रहता। ऐसे बीज हायड्रोपोनिक चारा यंत्र में उग नहीं पातें। बल्कि वे सड़ जाते हैं और एक तरह कि बदबू इस चारे को आने लगती है। इसलिए हायड्रोपोनिक चारा उत्पादन में बीजों का चयन बहुत ही महत्वपूर्ण बात है। इसलिए शुरु में थोडेसे ही बीज खरीद कर उनकी अंकुरण क्षमता जाँचकर बाद में बाकी के खरीद लें।

बीज भिगोने की उचित पद्धति

हायड्रोपोनिक चारा यंत्र में चारा बनाने से पहले इन बीजों को लगभग १२ से २४ घंटों तक वातावरण के अनुसार गुनगुने या सीधे पानी में भिगोकर रख दिया जाता है। इस में वातावरण के तापमान के अनुसार याने तापमान कम हो तो गुनगुने पानी का उपयोग करें जिससे बीजों का अंकुरण अच्छा होगा।

इसके बाद इन बीजों को ट्रे में फैलाया जाता है या १२ से २४ घंटों के लिए बारदान में बांधकर रखा जाता है। इस तरह से बांधकर रखने से अंदर के बीजों को अंकुरित होने के लिए हलका गरम (ऊनी) वातावरण मिल जाता है और अंकुरित होने कि प्रक्रिया अच्छी तरह से होती है।

बीज अच्छी तरह से अंकुरित होने के लिए सीड रेट का भी बहुत महत्व है। सामान्यतः एक चौरस मीटर के लिए ३.५० से ३.७५ किलो बीजों का सीड रेट रखना उचित होता है। कम सीड रेट में बीजों को हलका गरम (ऊनी) वातावरण न मिलने से उत्पाद कम हो जाता है।

पानी व्यवस्थापन

हायड्रोपोनिक चारा उत्पादन में पानी का नियोजन बहुत ही महत्वपूर्ण है। कम से कम पानी में चारा बनाना यह इस तकनिक का लक्ष्य है। साथही भविष्य में पानी के उपलब्धता पर मर्यादा आने की वजह से पानी के उपयोग की तकनिक समझ लेना आवश्यक है। बहुत सी जगहों पर हायड्रोपोनिक चारा युनिट में इस्तमाल किया गया पानी बार-बार उपयोग में लाने के लिए एक जगह पर संकलित करके फिल्टर किया जाता है। इससे पानी की अच्छी बचत हो जाती है।

लेकिन ऐसे पानी का पुर्नउपयोग करते हुए बहुत सावधानी बरतनी पडती है। स्प्रिंकलर बारबार खराब न हों इसकी भी सावधानी लेनी पडती है। साथही पानी के गलत व्यवस्थापन से हायड्रोपोनिक चारे में रोग का प्रादुर्भाव हो सकता है। इन सब चीजों का अगर उचित नियोजन किया जाए तो पानी का पुर्नउपयोग हो सकता है।

अच्छा हायड्रोपोनिक चारा उत्पाद लेने के लिए हमें पानी की मदद से आर्द्रता, और तापमान नियंत्रित करके, चारा वृद्धि के लिए पानी उपलब्ध कराना होता है। पानी नियोजन हायड्रोपोनिक चारा उत्पाद का एक महत्वपूर्ण घटक है। इसमें पानी की गुणवत्ता याने खारापन, पी एच आदी उचित मात्रा में होना आवश्यक है। पानी का पीएच सामान्यतः ६ से ७ के बीच में होने से चारे की अच्छी वृद्धि होती है। पानी क्षार युक्त हो तो हायड्रोपोनिक चारे का उपरी हिस्सा काला पड जाता है।

सामान्यतः २ से ४ घंटों में २ से ४ मि. लि. पानी स्प्रिंकलर की सहायता से दिया जाता है। यही पानी का नियोजन बारिश के दिनों में

हायड्रोपोनिक चारा यंत्र के पानी का पुनर्उपयोग के लिए नियोजन

अधिक अंतर से और गर्मी के दिनों में कम अंतर में करना पडता है। पानी डालते हुए ट्रे के लिए उचित उतार रखा है या नहीं यह भी देखना जरुरी होता है। अगर ऐसा नहीं किया गया तो बुरशी (काई) बढ़ जाती है और कुछ जगहों पर चारा उगने की गती धीमी हो जाती है।

गर्मी के दिनों का पानी व्यवस्थापन

हायड्रोपोनिक चारा उत्पादन में गर्मी के दिनों में कितना तापमान है? यह देखकर पानी का आवर्तन लेना चाहिए। सामान्यतः २५ से २७ डिग्री सेंटीग्रेड इस तापमान तक हमें ४ घंटों में ४ मिनट तक पानी देना आवश्यक होता है। अगर पानी दिलाने वाली (टंकी) यंत्रणा पास ही हो और पानी अगर झट से मिलने वाला हो तो यह पानी देने का काम ४ मिनट से २ मिनट तक लाया तो भी चलता है। लेकिन बहुत बार पानी की टंकी दूर होने से और पाईप लाईन में होनेवाली हवा दूर होकर ट्रे में पानी पहुँचने के लिए सामान्यतः डेढ़ से दो मिनट तक का समय लगता है। याने प्रत्यक्ष में हम दो से ढ़ाई मिनट तक ही पानी डालते हैं। अगर तापमान अधिक याने ३५ से ४0 अंश सेंटीग्रेड

के आसपास हो, तब हमें कुछ मात्रा में फॉगर्स का उपयोग कर के हवा में होनेवाली नमी को बढ़ाना पडता है। इससे हायड्रोपोनिक चारा युनट में होनेवाला तापमान शीघ्रता से कम होता है और पानी डालने की जो मात्रा पहले ४ घंटों में ४ मिनट रखी थी उसे दो घंटों में ४ मिनट ऐसी रखनी पडती है।

अगर हायड्रोपोनिक युनट बड़ा है और आवश्यक आर्द्रता नियंत्रण में न आ रही हो तो पानी देने का आवर्तन दो घंटों में ४ मिनट से, १ घंटे में ४ मिनट तक लाये तो भी उचित रहता है। अगर तापमान बढ़ गया तो चारा उत्पादन आवश्यकता नुसार नहीं आ पाता। इसीलिए इस पानी नियोजन को बहुत महत्व है। अगर तापमान ४० अंश सेंटिग्रेड के आगे गया तो युनिट में होनेवाली फॉगर्स की संख्या बढाकर और उपर बनायें हुए पद्धति से १ घंटे में ४ मिनट पानी देने का नियोजन कर दें तो बढ़े हुए तापमान पर नियंत्रण पाकर हायड्रोपोनिक चारा उत्पादन ले सकते हैं।

हायड्रोपोनिक युनट में होनेवाला जमिनी क्षेत्र, पानी पूरी तरह से निकल जाए ऐसा होना चाहिए। अगर युनट बड़ा करना हो तो अंदर का क्षेत्र पक्के जमिनवाला बना दें। साथही दोनों तरफ से उतार अंदर की तरफ करके आकृति में जैसा दिखाया गया है वैसा ट्रे को रखने और ले जाने के लिए रखी हुअी जगह में दोनों बाजू में 'गटर' बनाएं। अगर हम छोटा युनिट बना रहे हैं तो नीचे प्लास्टिक पेपर डाल कर या रेत डालकर, पानी अच्छी तरह से निकलें इस योग्य जगह बना सकते हैं।

युनिट में पानी का अगर पूरी तरह से निकास न हों तो ज़मीन पर दलदल तैयार होकर बुरशी (काई) या अन्य जीवजंतूओं

बड़े हायड्रोपोनिक चारा युनिट में होनेवाला ज़मीन का पक्का क्षेत्र

छोटे हायड्रोपोनिक चारा युनिट का ज़मीन पर रेत डाला हुआ क्षेत्र

छोटे हायड्रोपोनिक चारा युनिट में ज़मीन पर कागद डाला हुआ क्षेत्र

के बढने की संभावना होती है। अगर कभी दलदल में इस तरह जीवजंतू बढ गए हैं ऐसा ध्यान में आयें तो १% इएम-१ या इएम-२ इन द्रावणों को ज़मीन पर फँव्वारा जाए तो

बुरशी (काई) या अपायकारक जंतूओं के बाढ पर कुछ हद तक नियंत्रण पाया जा सकता है। साथही चारा वृद्धि के लिए पोषक वातावरण भी तैयार हो जाता है।

रोग नियंत्रण

हायड्रोपोनिक चारा युनिट में रोगों पर नियंत्रण रखने के लिए आगेवाली चीजोंपर ध्यान रखना आवश्यक है :

१. बीज
२. ट्रे की संरचना
३. वातावरण के अनुसार पानी के आवर्तन और पानी निकास की व्यवस्था
४. आर्द्रता
५. तापमान
६. उपयोग और सफाई
७. निर्जंतुकीकरन

शुरु में हायड्रोपोनिक चारा उत्पादन करना आसान लगता है। लेकिन वहाँ पर सफाई और अच्छी निगरानी न रखने पर बुरशी (काई) जैसे रोगों का प्रादुर्भाव अधिक होने लगता है और बाद में यह चारा उत्पादन कठीन लगने लगता है। इसके लिए बीजों के चयन से लेकर ट्रे के निर्जंतुकीकरन तक ध्यान देना आवश्यक है। बीजों को चुनते हुए टुटे फुटे, अंकुरण क्षमता न होनेवाले बीजों को ना चुने। ऐसे बीज अंकुरित नहीं होते और उसके कर्बोदक पर बुरशी जैसे रोगों की वृद्धि बहुत जल्दी हो जाती है। बहुत बार मशीन पर मले हुए बीजों के अंकुरों को हानी पहुँची होती है। उन्हें अगर उपयोग में लाए तो उनकी वृद्धि नहीं होती और वे रोग प्रसार में ही मदद करते हैं। इसीलिए मशीन में अच्छी तरह से मले हुए या फिर हाथ से मले हुए बीजों का ही प्रयोग करें।

सावधानी बरतने के लिए इएम

(एफेक्टिव माक्रो ऑर्गनिझम, मेपल ऑर्गटेक, कोलकाता) द्रावणसे या हायड्रोजन पॅरॉक्साईड के द्रावणमें बीज-प्रक्रिया कर लें। छतमें (शेडमें) आर्द्रता और तापमान अच्छी तरह रखनेसे, अच्छे बीजोंका चयन करनेसे, पानी नियोजन उचित तरह से करनेसे, और पानी पूरा निकल जाने के लिए ट्रे को उचित उतारपर रखनेसे, हाड्रोपोनिक चारा निर्मिती के बहुतसे रोगोंपर नियंत्रण पाया जा सकता है।

हाड्रोपोनिक चारा कोमल होने के कारण, इसमें आवश्यक अन्न घटक होने के कारण, जीवजंतुओंके वृध्दिके लिए एक अच्छी जगह होती है। बीजों से किसी भी तरह के रोगका प्रादुर्भाव न हो इसलिए जिस क्षेत्रसे बीज लाया गया है, उस क्षेत्रमें फसल पर कोई रोग तो नहीं है, इसकी सावधानी लें। साथही बीजोंमें कूडाकरकट न हों। हाड्रोपोनिक ट्रे का बारबार निर्जंतुकीकरण करना आवश्यक है।

हाड्रोपोनिक चारा युनिटमें पानीका बारबार उपयोग होने के कारन, कुछ समय बाद ट्रे चिपचिपे हो जाते हैं और उनपर एक तरह का आवरण चढ़ जानेकी संभावना होती है इसपर जीवजंतु बढकर रोग बढनेकी संभावना होती है। इसलिए सबसे पहले 'ट्रे' किसीभी साबुनकी पावडर से साफ धो लें और चिपचिपापन दूर कर लें। उसके बाद किसीभी

हाइड्रोपोनिक चारा युनिट के रोग नियंत्रण के लिए आगेवाली चीजोंपर अवश्य ध्यान रखें
१. बीज २. ट्रे की संरचना ३. वातावरण के अनुसार पानी के आवर्तन और पानी का निकल जाना ४. आर्द्रता ५. तापमान ६. उपयोग और सफाई ७. ट्रे का निर्जंतुकीकरण

निर्जंतुक उदा. प्रिल जैसे द्रावणसे ट्रे को धो कर पंधरा मिनट से आधे घंटे तक वैसे ही रखकर बाद में साफ पानीसे धो लें। जिससे निर्जंतुकीकरण के लिए उपयोग में लाए गए रसायन का अंश चारेमें नही आ पाएगा।

साथही हाड्रोपोनिक चारा युनिटमें काम करनेवाले व्यक्तिओं के हाथ, हमेशा साफ होना भी अति आवश्यक है। क्योंकि बहुत बार दूसरा कोई काम करते हुए बीचमें वैसेही हाथोंसे युनिटमें आकर काम चालू करने से हाथों को लगे जंतुओंद्वारा भी रोग का प्रसार हो सकता है।

महत्त्वपूर्ण बात यह है, कि चारा युनिट देखने के लिए लोग आते हैं और उत्सुकता से फसल की जड़े कैसी हैं? यह देखने के लिए हाथ लगाकर हाड्रोपोनिक चारे की गद्दी को उठा लेते हैं इससे हाथोमें होनेवाले किटाणूओं से चारा खराब हो सकता है। इसीलिए युनिटमें आनेवाले हरएक व्यक्ति के हाथों की सफाई की ओर ध्यान दें।

तापमान नियंत्रण

चारा युनिटमें तापमान नियंत्रण यह अत्यावश्यक चीज है इसका उचित नियोजन करने से अच्छा उत्पादन प्राप्त होता है। तापमान नियंत्रण के लिए आगेवाली चीजोंपर ध्यान केंद्रित करना पडेगा

१. ग्रीन नेट (हरे रंग की जाली)

२. पानी का आवर्तन

३. फॉगर्स का उपयोग

४. सेन्सर

पानी का आवर्तन और फॉगर्स की मददसे कम हुए तापमान को नियंत्रित करने की महत्त्वपूर्ण जिम्मेदारी नेट की होती है। युनिट में ९०% छाँव और १०% धूप नियंत्रित करनेवाले ९०:१० के नेट का उपयोग करें। अगर इससे अधिक धूप और कम छाँव होनेवाले नेट का उपयोग किया तो, इनमें होनेवाले बड़े छेदों से अंदर की ओंस की बूँदे हवा के साथ बाहर जाने की मात्रा बढ जाएगी और अंदर के तापमान नियंत्रण का समय कम हो जाएगा। इसलिए ऐसाही शेडनेट लगायें। दरवाजे को भी शेडनेट लगाए और दरवाजा हमशा बंद रख सकें इसका नियोजन करें।

तापमान नियंत्रण का सबसे महत्त्व का काम पानी के आवर्तन के नियोजन पर अवलंबित होता है। हमें जैसे चाहिए वैसे आवर्तन रखकर, तापमान नियंत्रित कर सकते हैं। स्प्रिंकलर की सहायता से अगर तापमान नियंत्रण में न आ सका तो फॉगर्स का उपयोग कर सकते हैं।

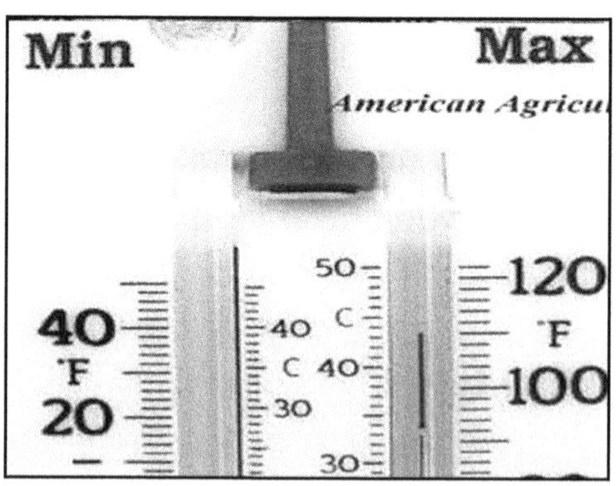

तापमान दर्शक

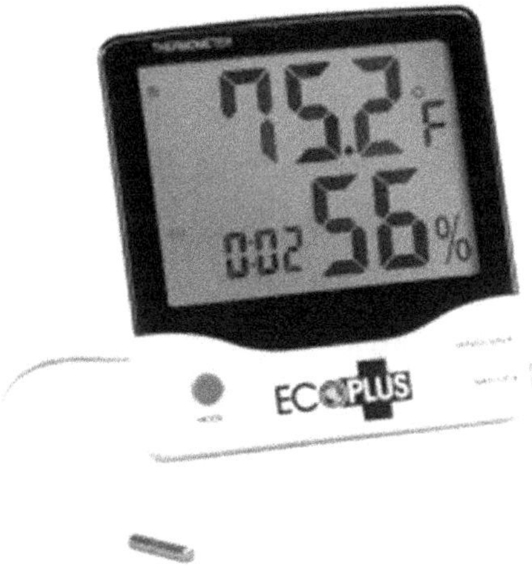

फॉगर्स जोरों से ओस को वातावरण में छोडते रहते हैं इसलिए तापमान जल्दी से घट जाता है। अधिक हुए तापमान को कम करने के लिए ही फॉगर्स को उपयोग में लाया जाता है। इस में हर एक ट्रे पर फॉगर्स न लगाकर छत पर एक या दो कतारें बनाकर लगायें।

अगर अधिक बडा यंत्र हों तो फॉगर्स के उपयोग के लिए अलग विद्युत पंप लगायें। इससे आवश्यक इतना दबाव मिलने से फॉगर्स अच्छी तरह से चलतें हैं। साथही अगर छोटा युनिट हों और आवश्यक इतना दबाव मिल रहा हो तो स्प्रिंकलर के पाईप लाईन को जोडकर भी फॉगर्स का उपयोग कर सकते हैं।

बडे युनिट में तापमान का नियंत्रण केवल स्प्रिंकलर के माध्यम से ही करे तो आवश्यक तापमान नियोजित समय पर नियंत्रित करना कठिन हो जाता है। इसलिए ऐसे युनिट में फॉगर्स चलाने के लिए अलग विद्युत पंप देकर उसका तापमान सेन्सर की मदद से नियंत्रित किया जा सकता है। हमारे द्वारा तय किए हुए तापमान में अगर वृध्दि हो गयी तो यह पंप अपने आप चालू हो जाता है। जब तक हमने तय किये हुए तापमान तक तापमान पहुँच नहीं जाता, तब तक यह पंप शुरु ही रहता है और उचित तापमान आने पर बंद हो जाता है। इस पद्धति से तापमान झट से कम हो जाता है।

हाय टेक मशीन अर्थात् उच्च तकनिकों वाले मशीनों में तापमान को बढ़ाने के लिए हिटर और कम करने के लिए एअर कंडिशनर बिठाए हुए होते हैं। उनमें होनेवाली सेन्सर की तरह यह यंत्रणा कार्य करती है। लेकिन कम लागत की युनिट में तापमान नियंत्रण फॉगर्स की सहायता से किया जाता है। इसीलिए गर्मी में अधिक तापमान होने पर पानी देने का समय दो घंटों पर लाना पडता है। वहीं ठंड के दिनों में इसे चार घंटों के बाद किया तो भी चलता है। ठंडा वातावरण जरुरी होने वाली फसल के लिए उदा. गेहूँ, ओट इनका अच्छा उत्पादन आने के लिए कम से कम १० से १५ और अधिक से अधिक १५ से २१ सें तक तापमान का होना जरुरी होता है। ४ अंश सें के नीचे अगर तापमान गया तो चारा वृद्धि पर बहुत परिणाम हो जाता है।

साथही गर्म वातावरण आवश्यक होनेवाले चारे की फसल के लिए जैसे मक्का, चौली इनके लिए कम से कम १५ से २० और अधिक से अधिक २१ से २८ अंश सें. तापमान आवश्यक होता है। ३२ अंश सें. के उपर तापमान गया तो चारा वृद्धि पर बहुत बडा परिणाम होता है, इसलिए तापमान को नियंत्रण में रखना बहुत ही आवश्यक है।

आर्द्रता नियंत्रण

हायड्रोपोनिक चारा उत्पादन में आर्द्रता नियंत्रण पर ध्यान देना बहुत आवश्यक होता है। अच्छी मात्रा में चारा उत्पाद पाने के लिए ७०% आर्द्रता नियंत्रित करना आवश्यक है। युनिट में फॉगर्स की सहायता से आवश्यक

इतनी मात्रा में आर्द्रता नियंत्रण में रख सकते हैं। आर्द्रता पर उचित नियंत्रण पाने के लिए शेडनेट की अच्छी मदद मिलती है। इस में शेडनेट का चयन करते हुए ९०% छाँव और १०% प्रकाश मिलनेवाला शेडनेट लें। इससे अंदर की नमी अच्छी तरह से नियंत्रित होने में मदद मिलती है।

बहुत बार बारीश के मौसम में हायड्रोपोनिक युनिट में होनेवाली आर्द्रता एकदम से बढ़ जाती है और तापमान भी अधिक होता है। ऐसे में छोटे छोटे किटकों से बहुत तकलिफ होती है। ऐसे समय में पानी ज्यादा दें और शेडनेट को नीचे से एक से डेढ़ फीट तक उपर उठाकर हवा को आने जाने के लिए रास्ता दें जिससे आर्द्रता भी नियंत्रण में आयेगी और इससे चारे का प्रति किलो का उत्पादन भी अच्छा मिल सकेगा।

●

कम लागत का ४० किलो क्षमता का हायड्रोपोनिक चारा युनिट

९

हायड्रोपोनिक चारा उत्पादन के लाभ

चारा उत्पादन में अलग अलग वातावरण का और घटकों का परिणाम होता रहता है। इसलिए नियमित चारा उत्पादन पर मर्यादा आती है। इन सब परिस्थितीयों पर हायड्रोपोनिक चारा निर्मिती पद्धति से मात की जा सकती है।

▪ कम जगह

इस पद्धति के चारा उत्पादन में बहुतही कम जगह में अधिक चारे का उत्पाद कर के पारंपारिक पद्धति पर मात की जाती है। केवल ५० चौरस मीटर की जगह में सात दिनों में रोजाना ६०० किलो से भी अधिक पौष्टिक चारा तैयार किया जाता है। पारंपारिक पद्धति में इतना चारा तैयार करने के लिए सामान्यतः एक हेक्टर से भी अधिक ज़मीन लगती है।

बहुत सारे लोगों को दुग्ध उत्पादन का व्यवसाय करने की इच्छा होती है। लेकिन पर्याप्त चारा उत्पादन के लिए जगह की कमी के कारन वह व्यवसाय नहीं कर सकते। सालों साल जगह की समस्या गंभीर स्वरुप धारण कर रही है। विभक्त कुटुंब पद्धति के कारन ज़मीनों का बँटवारा हो रहा है। नागरीकरण के कारन खेती के लिए उपयुक्त होनेवाली ज़मीन भी कम हो रही है। ऐसी परिस्थितीयें बढती हुई आबादी को अतिरिक्त अनाज प्राप्त करा देना इसका बहुत तनाव इस कम हुए कृषी क्षेत्र पर है। मुक्त संचार गोशाला के लिए अधिक जगह लगती है। चारा उत्पादन के लिए भी ज़मीन को मर्यादाएँ हैं इसीलिए कोई न कोई नया उपाय/विकल्प ढूँढना आवश्क है। हायड्रोपोनिक चारा उत्पादन यह विकल्प पशुपालकों को अब उचित लगने लगा है।

जानवरों को उनके पूरे आहार में से २/३ अन्न घटक, चारे के माध्यम से देने चाहिए और १/३ अन्न घटकों की व्यवस्था पशुखाद्य से करें ऐसा एक नियम है। २/३ चारे के अन्न घटकों में भी २/३ अन्न घटक सुखे चारे के माध्यम से, १/३ अन्न घटक ताज़े चारे की माध्यम से करना होता है। याने

ट्रे रखने के आधुनिक पद्धति के कारन हायड्रोपोनिक चारा उत्पादन तकनिक में पारंपारिक पद्धति की अपेक्षा बहुत कम जगह लगती है।

५०० किलो वजन होनेवाले जानवर के लिए उपरोक्त पद्धति से १२ से १५ किलो ताज़ा चारा देना पडेगा और इस तरह ५ जानवरों के लिए खेत में से ताज़ा चारा उपलब्ध कराने के लिए एक एकड़ क्षेत्र की आवश्यकता है। आजकल हर एक पशुपालक के पास ऐसी जगह उपलब्ध होगी ही ऐसा नहीं कह सकते। इसीलिए जिन पशुपालकों के पास जगह की कमी है, ऐसे पशुपालक हायड्रोपोनिक चारा उत्पादन पद्धति से केवल १०० चौरस फीट के क्षेत्र में उपर जैसा बताया है वैसे रोजाना ५ जानवरों के लिए आवश्क ताज़ा चारा तैयार कर सकते हैं। इस तरह कम जगह में हायड्रोपोनिक चारा उत्पादन पद्धति से बहुत सारा उत्पाद निकालकर कम जगह में भी दूध उत्पादन का व्यवसय कर सकते हैं।

- **कम पानी**

पशुपालन के व्यवसाय में पानी का बडा महत्व है। दिन प्रतिदिन बारिश की मात्रा कम हो रही है और बारिश का कोई भरोसा नहीं रहा। ऐसी परिस्थिती में दूध उत्पादन कायम रखकर लाभदायक भी करना यह दूध उत्पादकों के सामने एक बहुत बडी चुनौती है। मुक्त संचार गोशाला व्यवस्थापन से ५०% पानी की बचत होती है, लेकिन ताज़े चारे के लिए प्रति किलो ८० लिटर पानी उपलब्ध करा देना मुश्कील है। इसलिए हायड्रोपोनिक चारा उत्पादन पद्धति का अवलंब करने से कुछ मात्रा में यह समस्या दूर हो सकती है। हायड्रोपोनिक चारा उत्पादन पद्धति में पानी चारे के वृद्धि के लिए युनिट में होनेवाला तापमान और आर्द्रता नियंत्रित करना इन तीनों कारनों के लिए उपयोग में लाया जाता है।

इस पद्धति में पानी का उपयोग भी बहुत कम मात्रा में होता है। साथही बहुत से युनिटों में एक बार उपयोग में लाया गया पानी बार बार उपयोग में लाने की सुविधा होती है। सामान्यतः पारंपारिक पद्धति में एक किलो चारा बनाने के लिए लगभग ८० लिटर पानी की आवश्यकता होती है, उसकी तुलना में हायड्रोपोनिक चारा उत्पादन पद्धति में पानी बार बार उपयोग में लाने की प्रक्रिया में साम न्यतः १.५ लिटर और पानी का बार बार उपयोग न कर के, एक ही बार उपयोग में लाने से, लग भग एक किलो चारा बनाने के लिए २ से ३ लिटर पानी लगता है। बार बार उपयोग में लाए गए पानी का हम बगीचे के लिए भी उपयोग कर सकते हैं।

अगर पानी को फिर से उपयोग में लाना हो तो युनिट में उपयोग में लाया गया पानी संकलित करने के लिए, युनिट में होनेवाले नीचे की ज़मीन को उचित पद्धति से उतार देकर, पानी को गटर के माध्यम से एक टंकी में जमा किया जाता है। जमा करते हुए उसमें हायड्रोपोनिक चारे का कचरा न आए इसलिए जालीयाँ लगायी जाती हैं और इस तरह से संकलित किया गया पानी बाद में विद्युत पंप की सहायता से उठाकर हायड्रोपोनिक चारा युनट में बार बार उपयोग में लाया जाता है। पंप में से पानी उठाने से पहले यहाँ पर एक छोटा फिल्टर लगाकर, पानी फिल्टर करके उपयोग में लाया जाता है। नहीं तो हायड्रोपोनिक चारा युनिट के स्प्रिंकलर और फॉगर्स गंदे पानी की वजह से बंद हो जाने की संभावना होती है। ऐसे पानी का निश्चित समय पश्चात निर्जंतुकीकरण कर लेना भी आवश्यक होता है क्योंकि किसी भी रोग के जीवजंतू इस पानी के प्रवाह के साथ बह कर आ सकते हैं। इसलिए इस धोके को टालने के लिए निर्जंतुकीकरन करा लेना लाभदायक होता है।

इस तरह से कम बारीश के क्षेत्र में भी हम जानवरों को केवल सुखा चारा न खिलाकर अच्छी गुणवत्ता का चारा उपलब्ध करा दे सकते हैं।

- **श्रम की कमी**

दूध उत्पादन का व्यवसाय शुरु करने से पहले अपने पास होनेवाले मानवशक्ती का विचार करना आवश्यक है। क्योंकि दिन प्रतिदिन यह प्रश्न एक गंभीर स्वरुप धारण कर रहा है। शीघ्र गति से हुए औद्योगिकरन के कारन आज मजदूर लोग गोशाला में काम करने की अपेक्षा ८ घंटे काम हानेवाले और प्रतिष्ठित औद्योगिक क्षेत्र में काम करने के लिए अधिक उत्सुक रहते हैं। इसीलिए दूध उत्पादन के लिए मजदूर मिलना कठिन हो गया है। इसीलिए कम लागत का आधुनिकीकरण करके अपना व्यवसाय लाभदायक करना चाहिए।

मुक्त संचार गोशालों के कारन गोशाले का काम ६० गुना कम हो गया है। लेकिन जानवरों के लिए रोज खेतों में जाकर चारा काँटकर लाने के और आगे की पूरी प्रक्रिया के लिए बहुत मनुष्य शक्ती की आवश्यकता होती है। साथही खेत से चारा लाना यह काम मजदूरों को बहुत ही कष्ट का लगता है और इसके लिए मजदूर ही नहीं मिल पाते। यह सब टालने के लिए हायड्रोपोनिक चारा उत्पादन पद्धति योग्य है क्योंकि इनमें से बहोत से काम इसमें कम हो जाते हैं। साथही इस आधुनिक पद्धति में युनिट के अंदर भी ट्रॉली ले जाकर, उठाने के बजाय चारे को घसीटते हुए लाया जा सकता है।

इस पद्धति में, रोजाना ६०० किलो मक्के का चारा बनाने के लिए एक मजदूर काफी है। पारंपारिक पद्धति की तरह ज़मीन को तैयार करना, बीज बोना, घास निकालना, फसल को काँटना, कुट्टी करना जैसे काम इस पद्धति में नहीं करने पडते। चारे की रखवाली नहीं करनी पडती। कुल मिलाकर इस उत्पादन में काम कम है इस में बिजली का उपयोग भी कम होता है। ६०० किलो मकई का चारा तैयार करने के लिए उच्च तकनिक वाले युनिट में ८ से १५ युनिट बिजली लगती है तो सामान्य हायड्रोपोनिक चारा युनिट में चार युनिट से भी कम बिजली लगती है।

पशुपालक के पास अगर ज्यादा ज़मीन और वह भी बागवानी ज़मीन होगी और अगर वह गोशाले से दूर होगी तो बारीश के दिनों में चारे को, गिरती हुई बारीश में काँट कर, बांध तक ढोने में और बाद में उसकी यातायात करते हुए बडी तकलिफ और अधिक खर्चा भी सहना पड़ता है। इस युनिट के द्वारा यह काम आसान हो सकता है।

▪ कम समय में काम पूरा होना

सामान्य चारा पद्धति में चारे का उत्पादन आने के लिए, अगर वातावरण अनुकूल हों तो ६० से ९० दिन लगते हैं। साथही, एक निश्चित समय तक इस चारे की गुणवत्ता बहुत अच्छी होती है लेकिन बाद में उस में फायबर की (रेशे की) मात्रा बढ़कर पाचन करने योग्य घटकों की मात्रा कम होती है। हायड्रोपोनिक पद्धति में हम आवश्यकता के अनुसार चारा तैयार कर सकते हैं। इससे उसकी गुणवत्ता कायम रहती है। सामान्यतः ८ से १० दिनों में यह चारा तैयार हो जाता है। रोजाना हम ताज़ा चारा जानवर को खिला सकते हैं। बहुत से किसान कठिनाई के वक्त इस पद्धति को अपनाते हैं।

हायड्रोपोनिक द्वारा चारा बनने में ज्यादा से ज्यादा ८ दिन लगते हैं। इसलिए आगे के आठ दिनों में अगर चारे की कमी दिखाई दें तो हमें झटसे आगे का नियोजन करना संभव हो जाता है। साथही अगर हमें जरुरी लगें तो हम युनिट में होनेवाला किसी भी दिन का चारा जानवरों को खिला सकते हैं। इस तरह से हायड्रोपोनिक चारा किसी भी कालावधी में जानवरों के लिए उपलब्ध हो सकता है।

▪ सेंद्रिय चारा

हायड्रोपोनिक तकनिक से सेंद्रीय पद्धति से चारा तैयार कर सकते हैं। सेंद्रीय दूध उत्पादन करते हुए इससे नियंत्रित सेंद्रीय चारा पा सकते हैं। यह चारा तैयार करते हुए पानी के अलावा इसमें कोई भी रसायन मिलाया नहीं जाता। बीज प्रक्रिया के लिए भी जैविक उत्पादनों का उपयोग करके संपूर्ण सेंद्रीय पद्धति से हायड्रोपोनिक चारा निर्मिती हम कर सकतें हैं। बहुत से किसान खुद का सेंद्रीय पद्धति से उत्पादीत किया हुआ धान का बीज उपयोग में लाते हैं। बुरशी (काई) तथा अन्य रोगों से फसल ग्रस्त न हो इसलिए तापमान, आर्द्रता, जलव्यवस्थापन और बीज प्रक्रिया आदी चीजों पर बारीकी से ध्यान देने पर रासायनिक कीट नाशकों का उपयोग न करते हुए भी हम नियोजन कर सकतें हैं।

▪ वातावरण के दुष्परिणामों को नियंत्रण में ला सकते हैं।

हायड्रोपोनिक चारा निर्मिती की तकनिक, वातावरण पर नियंत्रण रखकर चारे का उत्पादन लेने के लिए बनायी गयी है। इसलिए इस युनिट में तापमान नियंत्रण यंत्रणा हमेशा

हायड्रोपोनिक चारा उत्पादन तंत्र के अनेक लाभ

- **कम जगह में अधिक उत्पाद**
- **पानी का कम उपयोग**
- **कम परिश्रम में अधिक उत्पाद**
- **सिर्फ आठ दिनों के समय में ताज़ा चारा उपलब्ध**
- **रासायनों का उपयोग टालकर तैयार होनेवाला सेंद्रीय चारा**
- **वातावरण के दुष्परिणामों को नियंत्रण में लाया जा सकता ह**
- **सालभर ले सकनेवाला उत्पादन**
- **निगरानी और अनावश्यक उगनेवाले घास की तकलिफ नहीं**
- **पोषक और रुचिपूर्ण, गरज के अनुसार चारा उत्पादन**

कार्यरत होने के कारन किसी भी तापमान में हम उत्पादन ले सकते हैं। सामान्यतः उच्च तकनिकी हायड्रोपोनिक चारा युनिट में तापमान बढने के लिए उर्जा निर्मित करनेवाली यंत्रणा बिठाई हुअी होती है। यंत्र में होनेवाले तापमान की सेन्सर के माध्यम से नोंद की जाती है, हमारे द्वारा निर्देशित किए गए क्षमता की अपेक्षा अगर तापमान कम हो गया तो यह यंत्र उर्जा निर्मिती का कामकाज चालू या बंद कर देता है। ऐसी यंत्रणा हमें कम लागत के हायड्रोपोनिक चारा युनिट में उपयोग में लाना संभव नहीं होता, क्योंकि ऐसे तकनिक की निर्मिती और निगरानी दोनों का खर्चा अधिक है। लेकिन तापमान कम करने की यंत्रणा पानी पर आधारित होने के कारन हम उसे कम खर्चे में कर सकते हैं। हर तरह के हायड्रोपोनिक चारा युनिट में तापमान कम करने के लिए उपर बतायें तरीके से नियोजन किया हुआ होता है।

चार वृद्धि के लिए आवश्यक होनेवाली आर्द्रता, हर प्रकार के हायड्रोपोनिक चारा युनिट में पानी की सहायता से नियंत्रित की जाती है। बडे और उच्च तकनिक वाले युनिट में इस काम को करने के लिए 'आर्द्रता मापक' बिठाये जाते हैं तो कम लागत की युनिट में यह काम पानी के आवर्तन से नियंत्रित किया जाता है।

चारे के उचित वृद्धि के लिए निश्चित क्षमता के धूप की जरुरत होती है। बहुत बार अधिक सूर्यप्रकाश के कारन चारा ठीक तरह से नहीं बढता। इसलिए हायड्रोपोनिक युनिट में प्रकाश को भी नियंत्रित करके ही उपयोग में लाया जाता है। उच्च तकनिक वाला युनिट पफ पॅनेल में बिठाया हुआ होने के कारन वहाँ पर प्रकाश संश्लेषण के प्रक्रिया के लिए कृत्रिम रुप से प्रकाश दिया जाता है। और कम लागत की हायड्रोपोनिक युनिट में ग्रीन नेट (हरे रंग की जाली) का उपयोग करके प्रकाश को नियंत्रित किया जाता है। इसलिए वातावरण सूर्य प्रकाश पर अवलंबित नही रहता या फिर अधिक धूप से चारा जलने की अपेक्षा उसकी तीव्रता को कम करके हायड्रोपोनिक पद्धति से उत्पादन लिया जाता है। इस पद्धति से चारा बनाने के लिए

सारीणी क्र. १ हायड्रोपोनिक तंत्र से उत्पादित किए मकई के चारे के हरदिन बदलने वाले गुणतत्व									
गुणतत्त्व	**मकई बीजे**	**हायड्रोपोनिक चारा यंत्र में अंकुरित हुए दिन पारंपारिक पद्धति**							
	(0 दिवस)	१	२	३	४	५	६	७	८
क्रूडप्रोटिन्स	८.६	८.८	९.१४	९.६५	११.२७	११.५८	१२.८९	१३.५७	१०.६७
इथरएक्स्ट्रॅक्ट	२.५६	२.४९	२.५७	२.८८	३.0८	३.0६	३.२१	३.४९	२.२७
क्रूडफायबर	२.५	२.५५	३.0७	४.७२	५.५१	७.५६	१0.६७	१४.0७	२५.९२
एन.एफ.ई	८४.४९	८४.१५	८२.८७	७९.२	७७.६५	७४.0४	६९.२१	६६.७२	५१.८७
टोटल अंश	१.५७	१.६७	१.८४	१.९२	२.१९	२.४४	३.३४	३.८४	९.३६
इनसोल्युबल(अंश)	0.0२	0.0३	0.0८	0.0९	0.१३	0.१४	0.२४	0.३३	१.४

वर्णन	**हायड्रोपोनिक चारा**		**% बाढ**
	(-)	(+)	
पचनक्षमता (%)			
ड्राय मटर	६१.१५	६५.३९	६.९४
ऑरगॅनिक मटर	६४.१९	६८.४७	६.६७
क्रूडप्रोटिन्स	६८.८६	७२.४६	५.२३
इथरएक्स्ट्रॅक्ट	८२.0५	८७.६९	६.८८
क्रूडफायबर	५३.२५	५९.२१	११.२
नायट्रोजनफ्री एक्स्ट्रॅक्ट	६७.२३	७0.४७	४.६१
गुणतत्त्व (%)			
क्रूडप्रोटिन्स	१२.४८	१३.२९	६.४९
डायजेस्टेबल क्रूड प्राटिन्स	८.६१	९.६५	१२.0८
टोटल डायजेस्टेबल न्युट्रिएन्ट	६४.0१	६८.५२	७.0७
दूध उत्पादन			
दूध उत्पादन (किलो / दिन)	४.0८	४.६४	१३.७३

वातावरण के बदलाव से फर्क नहीं पडता। कम तापमान होने के बावजूद उच्च तकनिक वाले युनिट में तापमान, आर्द्रता, प्रकाश आदी बातों का कृत्रिम पद्धति से नियोजन करने के कारन बाहरी वातावरण का हायड्रोपोनिक युनिट में होनेवाले चारे पर अधिक फर्क नहीं दिखाई देता साथही नियंत्रित वातावरण के कारण उत्पाद भी अच्छा मिलता है।

- **हमेशा मिलनेवाला उत्पादन (कायम स्वरुपी)**

हायड्रोपोनिक तंत्र के द्वारा साल के ३६५ दिन याने कायम स्वरुपी चारा उत्पादन ले सकते हैं। बाहर का तापमान अगर अधिक हो तो उसे कृत्रिम रिती से कम किया जाता है जिससे फसल अच्छी तरह बढें। साथही इसमें तापमान, आर्द्रता, प्रकाश आदी का कृत्रिम रिती से नियंत्रण होने की वजह से साल भर में कभी भी चारा उत्पादन लेना संभव हो जाता है।

- **निगरानी और अनावश्यक घास की तकलिफ नहीं**

चारा उत्पादन के लिए हमें ज़मीन की अच्छी तरह से निगरानी करके उसे तैयार करना पडता है। बाद में खाद डालना पडता है। बीज बोने के बाद अनावश्यक घास न उगे इसलिए घास नाशक द्रव्य डालने पडतें हैं या फिर इस अनावश्यक उगें घास को मजदूरों द्वारा निकालना पडता है। चारे की फसल की अच्छी वृद्धि के लिए खाद और रोग नियंत्रण पर भी ध्यान देना पडता है। याने पारंपारिक पद्धति से चारा उत्पादन लेने के लिए बहुत सारे खेती के काम करने पडते हैं। हायड्रोपोनिक चारा युनिट में बीज डालने के बाद चारा बाहर निकालने अलावा और कोई ज्यादा काम नहीं होता। इस में घास निकालना या खेती जैसी निगरानी नहीं करनी पडती। बहुत सा काम स्वयंचलित यंत्रणा से नियंत्रित होने के कारन रोजगरी का काम बहुत कम हो जाता है।

- **पोषक और रुचिपूर्ण चारा उत्पादन**

हायड्रोपोनिक चारे की गुणवत्ता अच्छी होती है, इस में से प्रथिन, उर्जा, जीवनतत्व, क्षार, एन्झाईम्स और पाचन के लिए आवश्यक गुणतत्व जानवरों को मिलते हैं। यह चारा खाने में स्वादिष्ट है, साथही अधिक से अधिक पाचनीय है इसीलिए जानवर इसें बडे च्याव से खाते हैं।

इन में कोई भी रसायन, हार्मोन्स, कीट नाशक या घातक अंश नहीं होते। हायड्रोपोनिक चारा पारंपारिक चारे की अपेक्षा अधिक

गुणवत्तापूर्ण हायड्रोपोनिक चारा

- प्रथिन, ऊर्जा, जीवनतत्व, क्षार, एन्झाईम्स और पाचन के लिए आवश्यक अन्य गुणतत्व भरपूर मात्रा में उपलब्ध।
- जानवरों की पाचन शक्ती अच्छी बनाकर, रोगप्रतिरोधक शक्ती को बढ़ाता है।
- हायड्रोपोनिक चारा खाने में स्वादिष्ट हो कर जडों के साथ खा सकते हैं।

हायड्रोपोनिक चारा तंत्र उपयोग में लाने वाले पशुपालकों के कुछ निरीक्षण

अ. क्र.	किसान का नाम और गाँव	गौओं की संख्या	रोजाना उत्पादित होने वाला दूध (लिटर)	हायड्रोपोनिक चारा तैयार करने के लिए उपयोग किया गया साहित्य	उपयोग में आनेवाले बीज	बीज कहाँ से लाए जाते हैं	चारे के लिए आनेवाला खर्च	रोज़ाना उत्पन्न होने वाला खर्च	हायड्रोपोनिक चारा तैयार करने के लिए आनेवाला प्रतिकिलो खर्च	हायड्रोपोनिक चारा देने के कारन दूध में होनेवाले बढौती की मात्रा	हर गाय के पिछे रोज़ाना किसान को होनेवाला मुनाफा	हायड्रोपोनिक चारा देने से किसानों को दिखाई दिई खास बातें
१	अनिल निंबालकर, विंचुर्णी, ता. फलटण	८	७०	लकडी का	मक्का और गेहूँ	खुद का	२५,०००	१२५ किलो	२.५	१.५	४५	अकाल में भी ताज़ा चारा भरपूर मात्रा में प्राप्त
२	धनाजी जाधव, आदर्की, ता. फलटण	१५	१६०	लकडी का	मक्का	खुद का	२०,००० और घर का सामान	२००	२	१	४०	आरोग्य और नैसर्गिक लैंगिक बातों में फर्क दिखाई दिया
३	विजय जाधव, आदर्की, ता. फलटण	०५	४०	लकडी का	मक्का	खुद का	१०,०००	७५	२.५	०.७५	४५	चरबी और एस एन एफ बढ गया
४	सूर्यकांत झणझणे, सासवड, ता. फलटण	०९	१००	लकडी का	मक्का	खुद का	१५,०००	१२५	२.७५	१.५	४०	दूध की मिठास बढ़ गई
५	सुरेश भोसले, सासवड, ता. फलटण	०५	६०	लकडी का	मक्का	खुद का	१२,०००	७५	२.५	१	४०	दूध सफेद बन गया
६	बालासाहब झणझणे, सासवड, ता. फलटण	१०	८०	लकडी का	मक्का	खुद का	२०,०००	१००	२.५	०.५	२५	मजदूरी का खर्च कम हो गया
७	अप्पासाहेब झणझणे, सासवड, फलटण	१०	२०	लकडी का	मक्का	खुद का	१८,०००	१००	२.७५	०.७५	३०	कम जगह का उपयोग

हायड्रोपोनिक तकनिक अपनाने वाले पशुपालकों ने की हुई सारिणी

अ. क्र.	किसान का नाम और गाँव	गौओं की संख्या	रोजाना उत्पादित होने वाला दूध (लिटर)	हायड्रोपोनिक चारा तैयार करने के लिए उपयोग किया गया साहित्य	उपयोग में आनेवाले बीज	बीज कहाँ से लाए जाते हैं	चारे के लिए आनेवाला खर्च	रोज़ाना उत्पन्न होने वाला खर्च	हररोज उत्पन्न होनेवाला चारा	हायड्रोपोनिक चारा तैयार करने के लिए आनेवाला प्रतिकिलो खर्च	हर गाय के पिछे रोज़ाना किसान को होनेवाला मुनाफा	हायड्रोपोनिक चारा देने से किसानों को दिखाई दिई खास बातें
८	अजय शिंदे, डिस्कल, जि. सातारा	१२	१२०	लोहे का	मक्का	फलटण मार्केट	२५,०००	१२५	२.७५	१	४५	कम पानी में चारा तैयार
९	कल्याण गावडे, आदर्की, फलटण	१२	११०	लोहे का	मक्का	फलटण मार्केट	७५,०००	२००	३.५	१.५	४०	कम जगह, गर्मी में भी ताज़ा चारा उप-लब्ध, जनन क्षमता में बढौती
१०	बालासाहब शेंडगे, बरड, ता. फलटण	०८	८०	लकडी का	मक्का	खुद का	१०,०००	७५	२.५	१	४५	दूध की मिठास बढ़ गयी
११	सचिन शेडगे, सरडे, ता. फलटण	०९	७०	लकडी का	मक्का	खुद का	१५,०००	१२५	३	०.५	४०	दूध की गुणवत्ता बढ़ गयी
१२	बालकृष्ण नाले, विडनी, ता. फलटण	१५	१८०	लकडी का	मक्का	खुद का	१२,०००	७५	२.७५	१.२	४०	त्वचा में चमक आ गयी, रोग प्रतिरोधक शक्ती बढ़ गयी
१३	मदने पिलीव, पिलीव, ता. मालशिरस	०५	४५	लकडी का	मक्का	फलटण मार्केट	२०,०००	१००	३	०.५	२५	कम जगह लगी, गर्मी में भी ताज़ा चारा उपलब्ध हो गया
१४	विजय पवार, मुंजवडी, ता. फलटण	१५	१२०	लकडी का	मक्का	खुद का	१८,०००	१००	२.३	१	३०	कम जगह पशुखाद्य कम कर दिया

गुणवत्तापूर्ण होता है, यह नीचे दिए हुए सारिणी में दिखाया है। इस में फूड प्रोटिन्स, इथर एक्स्ट्रॅक्ट, नयट्रोजन फ्री एक्स्ट्रॅक्ट (एन एफ इ) बढे हुए नजर आते हैं तो क्रूड फायबर अंश और विद्राव्य अंश की मात्रा कम हुई दिखाई देती है।

अंकुरित धान में सब से अधिक एन्झाईम्स होते हैं। सामान्यतः अंकुरित होने के बाद ७ दिनों तक एन्झाईम्स की कार्यक्षमता सब से अधिक होती है। इस में बीटा - केरोटीन, क जीवनतत्व आदी महत्व की अँटि - ऑक्सिडंट साथही सेलेनियम और झिंक जैसे महत्वपूर्ण जीवनतत्व भी अधिक मात्रा में होते हैं।

अंकुरित धान में एन्झाईम्स की मात्रा अधिक होने के कारन जानवरों के खाने में होनेवाली आम्लता नियंत्रित करनेका वह प्रयास करती है। जानवर की पाचन क्षमता अच्छी बनती है और रोग प्रतिरोधक शक्ती भी बढ़ती है। साथही धानमें होनेवाले फायटिक ॲसिड जैसे जानवरों को अनावश्यक हानेवाले और हानीकारक होनेवाले ॲन्टी - न्युट्रिशनल (अपोषक) घटक शरीर से बाहर फेंकने में भी मदद करती है। इसमें अधिक मात्रा में क्लोरोफिल और अन्य महत्वपूर्ण घटक होते हैं, जो जानवरों का आरोग्य अच्छा रखकर दूध उत्पादन वृद्धि में मदद करते हैं। इस आहार में होनेवाली उर्जा की मात्रा शुरु में उपयोग करने के कारन कुछ हद तक कम होती है।

हायड्रोपोनिक चारा स्वाद में मीठा होता है और इसे जानवर बडे च्याव से खाते हैं। इस में चारे के साथ सफेद जडों को भी जानवर च्याव से खाते हैं इसलिए चारा पूरी तरह से उपयोग में आता है। कोई भी अंश व्यर्थ नहीं जाता। एक जानवर को २५ किलो तक चारा (मर्यादित मात्रा में सुखा पशुखाद्य चारा) दे कर भी अच्छा उत्पादन लें सकतें हैं। इस चारे का आहार में उपयोग करने से जानवर की पाचन क्षमता कैसे बढ़ती है, यह आगे के पृष्ठ की सारिणी में देखेंगे।

अनेक वैज्ञानिकों ने हायड्रोपोनिक पद्धति से हुए दूध उत्पादन वृद्धि के बारे में अहवाल प्रसिद्ध किए हैं १९८८ साल में रेड्डीजी ने किए हुए अध्ययन में उन्हें दूध उत्पादन में (९.३% एफ सी एम) ७.८% वृद्धि हुई नजर आयी है। तो २०१२ में किए अध्ययन में १२.५% वृद्धि दिखाई दी।

डा. नाईक, आय सी ए आर, गोवा इनके अध्ययन में दुधारु गाय के उत्पादन में भी १३.७३ प्रतिशत वृद्धि दिखाई दी। गोविंद दूध उत्पादकों में यह बढौती लगभग 0.५ से २.५0 प्रति लिटर तक दिखाई दी। प्रतिदिन हर गाय के पिछे २५ से ५0 रुपये तक का अधिक लाभ हायड्रोपोनिक चारा उपयोग में लानेवाले, दूध उत्पादक किसानों को हो रहा है। पशुखाद्य का खर्चा कम होकर जानवरों के आरोग्य में वृद्धि और जनन क्षमता की मात्रा भी बढ़ रही है। दूध का रंग भी सफेद बनकर स्वाद मीठा आ रहा है।

▪ जरुरत के अनुसार चारा उत्पादन

पारंपारिक पद्धति में बहुत बार जरुरत की अपेक्षा अधिक उत्पादन होता है। इससे कभी चारे का नुकसान होता है। तो बहुत बार चारा कम पड़ जाता है। लेकिन हायड्रोपोनिक चारा उत्पादन में जरुरत के अनुसार ट्रे लगाने से आवश्यक उतना ही चारा उपलब्ध होता है और नुकसान टल जाता है। साथही यह चारा पोषक होने के कारन जानवर बड़े च्याव से खातें हैं और चारा भी व्यर्थ नहीं जाता। साल भर जितना चाहिए उतना चारा उत्पादन हम लें सकते हैं।

●

१०

हायड्रोपोनिक चारे का जानवरों के आहार में उपयोग

जब हम धान को भिगो कर उसे अंकुरित करतें हैं, उस समय इस धान में होनेवाले बहुत से घटक कठीन माध्यम से, पाचन के लिए उचित होनेवाले आसान माध्यम में रुपांतरीत होते हैं। साथही बहुत से घटक जो शरीर में होनेवाले अन्य अन्न घटकों का पाचन होने के लिए आवश्यक हैं, वह भी कार्यान्वित हो जाते हैं। इससे शरीर की बहुत सी प्रक्रियाँए अच्छी तरह से चलती है। साथ ही हायड्रोपोनिक पद्धति से तैयार किए गए चारे में पहले होनेवाले घटक तो कार्यान्वित होते ही हैं और वह शरीर को अधिक से अधिक उपलब्ध हो जाते हैं। ऐसा चारा जानवरों को खाने में अच्छा लगनेवाला और अच्छी स्वाद का होता है। इस चारे की पाचनीय शक्ती अच्छी तरह से बढ़ी हुई होती है।

कुछ प्रकार के धान ऐसे होते हैं जो हम जानवरों को जैसे हैं ऐसी स्थिती में खाने को नहीं दे सकतें क्योंकि ऐसे कच्चे धान में कुछ ऐसे घटक होते हैं कि जो जानवरों के शरीर के लिए अपायकारक होते हैं। लेकिन यही धान अंकुरित होने के बाद जानवरों के शरीर के लिए अपायकारक होने की अपेक्षा उपयोगी बन जाने हैं। उदा. कच्चा सोयाबीन हम जानवरों को खाने में नहीं दे सकते क्योंकि उस में 'ट्रिप्सीन इनहिबिटर' यह घातक रसायन होता है। यह शरीर में पाचन के लिए मदद करनेवाले ट्रिप्सीन को रोखती है। लेकिन अगर सोयाबीन का हायड्रोपोनिक चारा तैयार करें या उसे अंकुरित करके जानवरों को खाने में दे तो ऐसे घातक रसायन तैयार होने के बजाए अनेक महत्वपूर्ण अमिनो आम्ल आसान माध्यम में शरीर में पाचन के लिए उपलब्ध हो जाती हैं।

हायड्रोपोनिक चारा पोषक और कोमल होकर उसका स्वाद अच्छा होने के कारण जानवर इसे च्याव से खाते हैं। उससे दूध

उत्पादन, दूध की गुणवत्ता, जानवर की रोग प्रतिरोधक शक्ती, उसकी त्वचा, जनन क्षमता, और पाचन क्रिया इन सबमें सुधार आकर सब अंगों से लाभ होता है। इन सब कारनों से हायड्रोपोनिक चारा जानवरों के लिए अच्छा आहार होता है।

जानवर को उसके वजन के २.५ से ३% इतना (सुखे रुप में) वजन का आहार उपलब्ध होना आवश्यक है। ५०० किलो वजन होनेवाले पशू को कुलमिलाकर १५ किला (सुखे रुप में) आहार देना आवश्यक है, ऐसा सामान्यतः नियम है। इस तरह से अगर देखा जाए तो, उपरोक्त आहार का २/३ आहार चारे के माध्यम से, तो १/३ आहार खुराक के माध्यम से देना आवश्यक है। उपरोक्त सभी आहार शुष्क रुप में दर्शाया गया है।

ऐसे ही आहार का स्वरुप अगर हमने निश्चित किया तो चारा देने का नियोजन इस तरह से करना पडेगा :

१. सुखा चारा

सुखे चारे में सामान्यतः १०% पानी होता है। हमें ५०० किलो के जानवर के लिए कुलमिलाकर १५ किलो आहार देना पडेगा और उस में से २/३ यानी १० किलो अन्न घटक चारे में से देने पडेंगे।

इस १० किलो चारे में से २/३ अन्न घटक सुखे चारे में से देना आवश्यक है। याने ६.७ किलो चारा देना पडेगा। यह वजन पानी विरहित होने के कारन सुखे चारे में १०% पानी होता है यह ध्यान में रख कर ६.७ में १०% मिलाकर ही प्रत्यक्ष में कितना सुखा चारा देना, यह समझ में आएगा।

इस पद्धति से ७.४ किलो सुखे चारे का आहार देना पडेगा।

२. ताज़ा चारा

उपर बताए हुए तरीके से अगर आहार का नियोजन करें तो कुलमिलाकर चारे के १/३ अंश याने ३.३ किलो (सुखी मात्रा में) घटक ताज़े चारे से देने पडेंगे। अगर ताज़े चारे में होनेवाली पानी की मात्रा को देखें तो ताज़े चारे में ५०% पानी की मात्रा होती है। इसे देखते हुए सुखी मात्रा में ३.३ किलो ताज़ा चारा याने प्रत्यक्ष में ८०% अधिक याने १३.२ किलो ताज़ा चारा देना पडेगा।.

३. पशुखाद्य (खुराक)

अगर उपर दिए हुए नियम के अनुसार पशुखाद्य की मात्रा देंखे तो पूरे आहार के १/३ याने ५ किलो (सुखी मात्रा में) घटक पशुखाद्य से देना

पडेगा। इसमें पानी की मात्रा ध्यान में रखकर प्रत्यक्ष में पशुखाद्य का आहार में होनेवाली मात्रा देखनी हों तो पशुखाद्य में सामान्यतः ८ से ९% पानी की मात्रा ध्यान में रख के हमें ५.४ किलो इतना पशुखाद्य जानवर को देना पडेगा।

- सुखा चारा ७.४ किलो
- ताज़ा चारा १३.२ किलो
- पशुखाद्य ५.४ किलो

याने सामान्यतः ५०० किलो वजन होनेवाले जानवर का आहार उपरी निर्देशा नुसार २६ किलो हो सकता है। इसमें हायड्रोपोनिक चारे का उपयोग कैसा और कितना कर सकते हैं यह देखा जा सकता है। साथही चारे के लिए किसी विकल्प के रुप में भी हम हायड्रोपोनिक चारे का अच्छा उपयोग कर सकतें हैं। यहाँ पर यह बताना भी महत्वपूर्ण है कि हायड्रोपोनिक चारा यह सिर्फ ताज़े चारे के लिए विकल्प के रुप में है ही साथही उस में होनेवाले कुछ महत्वपूर्ण घटक जैसे एन्झाइम्स, अँटी ऑक्सिडंट शरीर पोषण के लिए और पाचन क्रिया के लिए बहुत ही महत्वपूर्ण हैं। इस तरह के महत्वपूर्ण घटक पारंपारिक चारे से प्राप्त नहीं होतें। इसलिए इसकी तरफ केवल चारे की दृष्टी से न देखकर इससे मिलने वाले महत्वपूर्ण घटक उनसे जानवरों को होनेवाला लाभ, हमें भी कम लागत में मिलनेवाला अधिक और गुणवत्ता युक्त उत्पाद इन सब बातों की ओर ध्यान देना आवश्यक है। इसमें पानी की मात्रा ९०% से भी अधिक होती है। इसलिए शरीर को आवश्यक हानेवाले सुखे घटकों की आवश्यकता केवल हायड्रोपोनिक चारा ही पूरा नहीं कर सकता इसलिए हायड्रोपोनिक चारे के साथ सुखा चारा और पशुखाद्य देना बहुत ही आवश्यक है।

हायड्रोपोनिक चारा पाचन के लिए आसान और स्वाद से मीठा होने के कारन जानवर इसे च्याव से खाते हैं। इसीलिए कितना भी चारा खाने में आया तो भी उससे जानवरों को कोई हानी नहीं पहुँचती। इसलिए जानवरों को ५ किलो से लेकर २५ किलो तक उनके शरीर के आवश्यकता नुसार हायड्रोपोनिक चारा दे सकते हैं। अगर आप रोज़ाना १५ किलो ताज़ा चारा जानवरों को दे रहें है तो ऐसे समय ताज़ा चारा कम करके उसके साथ पशुखाद्य की मात्रा भी १० से २५ प्रतिशत से कम कर सकतें हैं।

●

११

हायड्रोपोनिक चारा निर्मिती की यशोगाथा

अकाल में भी चारा छावनीयों में जानवरों को न भेजकर प्रतिदिन १२५ किलो ताज़ा चारा तैयार किया।

- श्री अनिल काका केशवराव निंबालकर
(विंचुर्णी, ता. फलटण, जि. सातारा)

अनिलकाका हमेशा से ही अपने खुद के खेत में सेंद्रीय पद्धति से फसल लेने के आग्रही रहते थे। कभी कभी उनके खेत को भेंट देने का समय मिलता, तब उनके द्वारा किए नये नये प्रयोगों की जानकारी मिल जाती भी और उनके द्वारा किए प्रयोगों का अन्य किसानों को लाभ हो इसके लिए कुछ कुछ करना चाहिए, ऐसा मुझे हमेशा लगता था।

इसके बाद कुछ दिनों के बाद हमने अनिलकाका निंबालकरजी के खेत में प्रशिक्षण केंद्र खडा किया और सचमुच महाराष्ट्र से और महाराष्ट्र के बाहर के हजारों किसानों ने भी इस प्रशिक्षण केंद्र पर प्रशिक्षण लिया। बहुत से किसानों ने उस पद्धति से कार्य आरंभ कर खुद का लाभ करा लिया और उनके देखा देखी उनके आसपास के किसानों ने भी अनिलकाका निंबालकरजी के विंचुर्णी स्थित प्रशिक्षण केंद्र में प्रशिक्षण लिया।

संशोधन की आस होने के कारन किए हुए हर प्रयोग में और कुछ करने जैसा है क्या? यह देखने के लिए अनिलकाका हमेशा प्रयत्नशील थे। इसलिए एक बार प्रशिक्षण लेकर गया हुआ किसान भी अनिलकाका के संपर्क में हमेशा रहकर आनेवाले कठिनाइयों पर उपाय ढूँढने का प्रयास करता रहता है। इसी कारन हम हमारा कोई भी अनुसंधान या प्रयोग

अकेले न कर के किसी प्रयोगशील किसान के साथ करते हैं। इन्हीं कारणों से वह अधिक पारदर्शी होता है, यह ध्यान में आने के बाद बहुत से प्रयोग गोविंद डेअरी के अनुसंधान क्षेत्र पर न कर के ऐसे ही किसानों के साथ किए गए और वह अधिक फलदायी साबित हुए।

दूध उत्पादन का खर्चा कम करने के लिए सब से पहले हमने मुक्त संचार गोशाला की संकल्पना को प्रस्तुत किया। लेकिन मुक्त संचार गोशाला, इस महंगी संकल्पना को चलाने के लिए किसान आगे नहीं आ रहे थे। इसलिए राजले स्थित श्री दादा पवार इनके साथ काम करते हुए, महंगी मुक्त संचार गोशाला कम / अल्प खर्चे में करने की आसान तकनिक विकसित कर के, उसका जल्दी से प्रसार किया, साथही मुरघस तकनिक, पशु आहार तकनिक, अझोला जैसे अनेकों उच्च तकनिक वाले तंत्रज्ञान कम खर्चे में उपलब्ध कराने के लिए कार्य किया और उसका अच्छा प्रसार भी किया।

हायड्रोपोनिक चारा युनिट की शुरुआत होने से पूर्व अंकुरित धान से आदमी के आहार में क्या फर्क पडता है, इस पर हमारा अध्ययन चालू था। गोविंद डेअरी के तत्कालीन कार्यकारी संचालक श्री गणराव धुमालजी के पढ़ने में 'लिव्हिंग फूड' नामक एक अंग्रेजी किताब आयी। इसमें अंकुरित धान का आहार में नियमित रुप से समावेश करने से हमें कैसे लाभ होते है, इसके बारे में विस्तृत विवेचन किया गया था।

इस पुस्तक में लिखित जानकारी को पढ़कर उन्होंने खुद शुरु में अंकुरित धान याने अंकुरित मटकी खाना शुरु किया। दो ही दिनों में उनको होनेवाली पित्त की तकलीफ दूर हो गयी, भूक लगने की मात्रा भी कम हो गयी और वह तरोताजगी महसूस करने लगे। उन्होंने यह वास्तविकता हमें बतायी। अंकुरित मटकी, मूँग इनका सुबह के नाश्ते में उपयोग करना शुरु किया और इससे बहुत फर्क महसूस हुआ।

फिर इसी प्रयोग की चर्चा अनिल काकाजी के साथ करके अंकुरित धान का, ग्रामीण क्षेत्र में अधिक से अधिक उपयोग बढ़ाकर उनका आरोग्य कैसा अच्छा रहेगा, इस दृष्टि से प्रयत्न किए।

अनिल काकाजी हमेशा से प्रयोगशील होने के कारन उन्होंने अंकुरित धान का उपयोग करना शुरु किया, उन्हें इससे अच्छा फायदा हुआ। बहुत से दोस्तों को उन्होंने इस बात की जानकारी दी। और अंकुरित चने का आहार में उपयोग करने को कहा। इसके बाद बहुत से लोगों की बिमारीयाँ कम होने की जानकारी भी प्राप्त हुई।

ढवल गाँव में स्थित श्री उत्तम शिंदेजी को तो अंकुरित धान के आहार में किए समावेश से बहुत ही फर्क महसूस हुआ। उन्हें रक्तदाब, मधुमेह, अर्श, कास, पित्त जैसे व्याधीयों ने घेर रखा था। अंकुरित मटकी की जानकारी उन्हें मिल गयी और दो महिनों में बहुत फर्क हुआ। उन्होंने रक्तदाब और मधुमेह की कुछ गोलियाँ बद कर दीं। खेत में काम करते हुए वे थक जाते थे। आधे घंटे से ज्यादा वो काम नहीं कर सकते थे। लेकिन अब अंकुरित धान को आहार में नियमित लेने से उनके रोजमर्रा के कामकाज में भी बहुत फर्क आया। अब दिन भर काम करने के बावजूद वे तरोताजा रहतें है।

ऐसे अनेकों उदाहरण हैं। उन में से एक महत्व का उदाहरण है, भुंजवडी गाँव की सौ ठणकेजी को घुटनों के दर्द की तकलिफ साँत-आँठ वर्षों से थी, वे अपना काम खुद नहीं कर पाती थी। यहाँ तक कि उन्हें ठीक तरह से चलना भी नहीं आता था। इस बिमारी के लिए वह रोज़ाना ११ प्रकार की गोलियाँ लेती थी। उन्हें अंकुरित धान की जानकारी मिलने के बाद, दो महिनों में उन्होंने सब गोलियाँ बंद कर दी और खेती का कामकाज़ वे अब करने लगी हैं।

इस तरह से अंकुरित धान में होनेवाले महत्वपूर्ण घटक शरीर की कमी को पूरा करते हैं और हम इस कमी के कारन हुए बिमारियों पर मात कर सकतें हैं। अगर आप नीचे दियी हुई सारिणी को देंखे तो आपको साबूत मूँग और अंकुरित मूँग इन के अन्न घटकों में होनेवाला फर्क स्पष्ट रुप से दिखाई देगा। अंकुरित अवस्था में, शरीर को अन्न द्रव्य उपलब्ध होने की मात्रा बहुत बड़े पैमाने में बढ़ जाती है।

उपरी सब उदाहरणों में हमने देखा कि अंकुरित धान का मनुष्य के आहार में उपयोग होना बहुत महत्वपूर्ण है।

क्र.	वर्णन	मात्रा
१	उर्जा (उष्मांक)	१५% कम
२	प्रथिन	३०% अधिक
३	कॅल्शियम	३४% अधिक
४	पालाश	८०% अधिक
५	सोडियम	६९०% अधिक
६	लोह	४०% अधिक
७	स्कुरद	५६% अधिक
८	अ जीवनतत्व	२८५% अधिक
९	ब १ जीवनतत्व	२०८% अधिक
१०	ब २ जीवनतत्व	५१५% अधिक
११	ब ३ जीवनतत्व	२५६% अधिक
१२	क जीवनतत्व	भरपूर मात्रा में अधिक

हम पशुखाद्य के माध्यम से जानवरों को धान देते हैं। लेकिन ऐसे धान के कुछ हिस्से को अगर अंकुरित कर के जानवरों के आहार में समावेश कर दे तो अंकुरित धान के महत्व के अन्न घटकों का जानवरों के शरीर को निश्चित ही लाभ होगा, इस हेतू से जानवरों के आहार में अंकुरित धान का उपयोग करना निश्चित किया। बहुत बार जानवर की नैसर्गिक लैंगिक क्रियाएँ अगर निश्चित समय पर न हों रही हो तो उनको अंकुरित मटकी आहार में देने की सलाह पशुवैद्यक देते हैं। शुरु में सोयाबीन, मक्का, गेहूँ यह अधिक मात्रा में और मटकी, मूँग आदी कम मात्रा में अंकुरित करके जानवरों के आहार में देना शुरु किया। इससे अच्छा फर्क दिखाई देने लगा। सभी धान को अंकुरित करना थोडासा कठिन लगने लगा इसलिए फिर नियमित रूप से मक्के का और अन्य धान का भी आहार में उपयोग करना शुरु किया।

सामान्यतः ५ किलो पशु आहार एक जानवर को देते हुए उस में से एक किलो आहार कम कर के सिर्फ चार किलो देकर और उर्वरित एक किलो को अंकुरित कर के जानवरों को आहार में देने पर अच्छा लाभ दिखायी दिया। इस में आहार का खर्चा भी बढ़ा नहीं। उपर बताए हुए तरी के से अंकुरित धान को देने से आगे वाले फर्क दिखाई दिए -

- दूध उत्पाद में बढौती
- दूध की गुणवत्ता बढ़ गयी
- दूध के स्वाद में फर्क होकर वह अधिक मीठा बन गया
- गाय के दूध का पिला रंग, सफेद बन गया
- जानवर के जनन क्षमता में बढौती हुई
- जानवर की रोग प्रतिरोधक शक्ती बढ़ गयी

इन सब चीजों का अध्ययन करने के बाद अंकुरित धान जानवर के आहार में नियमित रुपसे देना लाभदायक होता है, यह प्रतीत हो गया।

इस के बाद २०१२ में महाराष्ट्र के कुछ हिस्सों में अकाल पड़ गया था और जानवरों को चारा उपलब्ध नहीं हो रहा था। ऐसे में

अंकुरित धान का आहार में उचित मात्रा में उपयोग करने से आगे के लाभ मिल जाते हैं.....

- दूध उत्पादन में बढौती
- दूध की गुणवत्ता में सुधार
- दूध की मीठास बढ़ गयी, स्वाद में फर्क आ गया
- गाय का दूध का पिले से सफेद हो गया
- जानवर के प्रजनन क्षमता में बढौती
- जानवर की रोग प्रतिरोधक शक्ती में बढौती

सरकार की तरफ से चारा छावनीयों में जानवरों की व्यवस्था की गयी थी वहाँ पर सरकार की तरफ से चारा उपलब्ध किया जा रहा था। अनिल काकाजी के बाजूवाले गाँव में ही यह चारा छावनी खोली गयी थी।

इसी काल में, अंकुरित धान का आगे चलकर हायड्रोपोनिक चारे में रुपांतर करने से जानवरों को ताज़ा चारा उपलब्ध हो जाएगा, यह संकल्पना आगे आयी। इसके बाद हायड्रोपोनिक चारा उत्पादन के प्रयोग शुरु हो गये। इंटरनेट से हायड्रोपोनिक चारे की काफी जानकारी उपलब्ध हो गयी। लेकिन उन उच्च तकनिक वाले हायड्रोपोनिक चारा युनिटों के किमतों को देखकर हमारे लिए यह किफायती साबित होगा ऐसा बिलकुल नहीं लगता था।

इसके बाद हायड्रोपोनिक पद्धति से चारा तैयार करने के लिए अलग अलग ट्रे, अलग अलग जगहों, अलग अलग तरह का वातावरण देकर पानी की विभिन्न पद्धतियों का उपयोग करके छः महिनों तक हर तरह से प्रयोग कर के एक दिन जडों की अच्छी गद्दी हानेवाला हायड्रोपोनिक चारा तैयार करने में सफलता प्राप्त हुई। बाद में एक उच्च तकनिक वाला युनिट अच्छी तरह से देखने, परखने के बाद ऐसा विश्वास उत्पन्न हुआ कि अपने पास होने वाले साधन सामग्री के आधार पर हम अच्छा सा हायड्रोपोनिक युनिट तैयार कर सकते हैं।

बाद में थोडे ही दिनों में घर में प्राप्त सामग्री के आधार पर एक नये युनिट के निर्मिती की शुरुआत हो गयी। इस में तापमान नियंत्रण के लिए क्या उपयोग में लाया है जल व्यवस्थापन के सुविधा के लिए क्या करना चाहिए, कौन से ट्रे इस्तेमाल में लायें। इसके बारे में सोच विचार शुरु हुआ। इसमें होनेवाली छोटी-बडी तकनिक ध्यान में रखकर, वह कम खर्च में अपने पास उपलब्ध साधन सामग्री का उपयोग कर के कैसे कर सकते हैं, इसके बारे में हरवक्त सोचते हुए, हम उसे बना सकेंगे यह दृढविश्वास भी मन में था। इसलिए कम खर्च में युनिट बनाना निश्चित किया।

इसके बाद बहुत सारे प्रयत्नों के पश्चात हायड्रोपोनिक युनिट बन गया। शुरु में बहुत बार असफल रहें। अनिल काका और मैंने नयी संकल्पना की योजना कर हायड्रोपोनिक शेड तैयार की। मक्का डालने के लिए रेशम उद्योग के पुराने ट्रे उपयोग में लाए। पानी फँवारने के लिए एक हॉर्स पॉवर की मोटर का उपयोग किया। इस मोटर पर ड्रीप करके स्प्रिंकलर्स के द्वारा पानी दिया। शुरु में यह मोटर चालू और बंद करने के लिए बहुत लकलिफ होने लगी। बाद में पानी देने के लिए मोटर को स्वयंचलित टाइमर बिठाया। इससे २ घंटों में २ मिनट पानी दिया। इस तरह से हायड्रोपोनिक चारा युनिट तैयार हो गया।

मकई डालने के बाद नौ वे दिन चारा तैयार हो गया। उसके बाद वातावरण में बदलाव होने से बुरशी (काई) दिखाई दी। बुरशी (काई) का प्रादुर्भाव टालने के लिए हाथ से छिलके निकाले हुए मकई का उपयोग किया। पानी में क्लोरीन या मेडीक्लोर का उपयोग किया। उसके बाद बुरशी (काई) कम होती दिखाई दी। इसके बाद बुरशी (काई) की मात्रा कम करने के लिए सालभर अनेकों प्रयोग किए। इस में बीजों के आवर्तन का अच्छी तरह से नियोजन करके बुरशी (काई) पर नियंत्रण प्राप्त किया।

हायड्रोपोनिक चारा उत्पादन में सब से म हत्वपूर्ण चीज है बीज। बीज तीन महिने पुराना होना चाहिए जिससे उसका अच्छा अंकुरण होता है। बीज के छिलके हाथों से निकाले हुए होने चाहिए जिससे बीज फूटता नहीं है। फूटा हुआ बीज उपयोग में लाने से चारे में बुरशी (काई) का प्रादुर्भाव हो सकता है।

बाँस की शेड बनाते हुए हर खाने में डेढ़ फीट का अंतर रखा। काम सहजता से हो सकें इसलिए अधिक से अधिक ६ खानों तक का ही शेड तैयार किया। इस शेड को हर तरफ से ९० × १० की नेट लगायी। इस नेट से ९० प्रतिशत छाँव और १० प्रतिशत धूप शेड में आ जाती है। शेड के उपर ५०० मायक्रॉन का सफेद कागज़ लगाया इससे शेड के वातावरण में आर्द्रता बन गयी। इससे मकई के जड़ों और पत्तों की अच्छी वृद्धि हो गयी।

शुरु में बीज को बारा घंटों तक याने रात भर भिगोकर रखा। बाद में ये बीज बारदान में बाँधकर रखें। ये अंकुरित हो जाने पर उन्हें ट्रे में बराबर फैलाया। इस ट्रे पर दिन में ५ से ६ समय स्प्रिंकलर से पानी दिया। इस तरह ट्रे का सिलसिला चालू रखा। इस हायड्रोपोनिक युनिट में १२५ किलो चारा तैयार हो गया। एक किलो मके से ८ से ९ किलो चारे का उत्पादन

१२५ किलो चारा देनेवाले हायड्रोपोनिक चारा युनिट के लिए लगनेवाली साधन सामग्री (अंदाजे से)

- जगह : १०० चौरस फीट
- बाँस की शेड (छत) : १० से १५ हजार रुपये
- शेडनेट : २ हजार रुपये
- टायमर : ३ हजार रुपय
- ड्रीप : ३ हजार रुपये
- ३ × २ आकार के ट्रे : ५ हजार रुपये
- बीजों का खर्चा (प्रति किलो) : २४ रु
- अन्य खचा
  (पानी, बिजली, मजदूरी इ.)

लागत कुलमिलाकर ३० हजार रुपये (अंदाजे से)

- रोज़ाना १२५ किलो चारा उत्पाद
- १० गायों को पर्याप्त होनेवाला चारा
- १ किलो बीजों से ८ से ९ किलो चारा
- एक किलो के लिए लगभग १.५ रुपये खर्चा

मिला। हायड्रोपोनिक चारे के कारन पशुखाद्य और चारे पर होनेवाला खर्चा कम हो गया। इस चारे की वजह से गाय के दूध में बढौती आयी। गाय के शरीर पर चमक आ गयी और दूध के स्वाद में मीठास आयी।

हायड्रोपोनिक तंत्रज्ञान क्यों उपयोग में लाए?

हायड्रोपोनिक चारा पेट पूरी तरह से भरनेवाला चारा नहीं है, क्योंकि यह चारा कोमल होकर उस में पानी की मात्रा अधिक है। इस में जब तक बीजों में अंकुरण क्षमता है उसके अनुसार इस चारे की वृद्धि होती है। यह चारा ९० प्रतिशत पाचनीय है। इसका उत्पादन लेने में कम खर्चा आता है। एक एकड़ क्षेत्र में मक्का, जवार, या घास ऐसी फसल लेने से १४ से १८ टन तक चारा मिल जाता है। उस में पानी, परिश्रम, खाद, समय, क्षेत्र का उपयोग इसका विचार करने पर हायड्रोपोनिक चारे का उत्पादन लेने के लिए हर किलो के लिए ३ से ४ रुपया इतना खर्चा आता है।

हायड्रोपोनिक चारा युनिट तैयार करने के लिए १०० चौरस फीट की जगह, १० से १५ रुपये का बाँस की शेड (छत) २ हजार रुपये की शेडनेट, ३ हजार रुपये का टायमर, ड्रीप का खर्चा ३ हजार रुपये, ३ × २ आकार का ट्रे, सब मिलाकर लगभग २५ से ३० हजार का खर्चा आया। इस में शुरु में रोज़ाना १२५ किलो चारा मिल गया। यह चारा १० गौओं के लिए पर्याप्त हुआ। इसमें एक किलो बीजों से ८ से ९ किला चारा मिल गया। एक ट्रे के लिए २ किलो बीज, २४ रुपये, पानी, बिजली, मजदूरी और अन्य खर्चा सब मिलाकल ६ रुपये ऐसा पकड़कर कुलमिलाकर ३० रुपये का खर्चा आया। इस तरह एक किलो के लिए लगभग १.५० रुपये खर्चा आया। रोज़ाना हायड्रोपोनिक चारा युनिट से १२५ किलो चारा तैयार करने के लिए १९० रुपये खर्चा आया। महिने में लगभग ४ टन चारे का उत्पादन मिला। इसके लिए ६,००० हजार रुपये खर्च हुए। इस तरह साल में ४८ टन चारे का उत्पादन प्राप्त हुआ।

●

एक बिघा जमिन के न होते हुए भी हायड्रोपोनिक चारा और सुखा चारे का उपयोग

- सुरेश भोसले
(सासवड, झणझणे, ता. फलटण, जि. सातारा)

सासवड (झणझणे) फलटण, तालुका के पश्चिम में होनेवाले, गाँव में भोसलेजी रहते हैं। गाँव का बहुत सा हिस्सा अकालग्रस्त होने के कारन पूरी तरह खेती पर अवलंबित न रहकर इस गाँव में दूध उत्पादन का व्यवसाय अच्छी तरह से किया जाता है। बारहवी कक्षा तक पढ़ाई करने के बाद पुरखों के दो गौओं को लेकर दूध उत्पादन का व्यवसाय इन्होंने शुरु किया, लेकिन पारंपारिक पद्धति के कामकाज़ से इस व्यवसाय में उनका मन नहीं लगता था। इसीलिए पुणे में एक कंपनी में नौकरी कर लीं। नौकरी करते हुए दूध के व्यवसाय के बारे में बहुत सी जानकारी प्राप्त कर लीं। उनके ध्यान में यह आया की व्यावसायिक दृष्टिकोन से दूध उत्पादन का व्यवसाय चलाए तो निश्चित ही लाभदायक होगा। ऐसा विचार मन में लेकर उन्होंने फिर से दूध उत्पादन के व्यवसाय की शुरुआत कर लीं। दो गौओं से धीरे धीरे उन्होंने जानवरों की संख्या बढ़ानी शुरु कर दी।

गोविंद डेअरी के संपर्क में आने के बाद

भोसलेजी के युनिट को भेट देते हुए सातारा के जिल्हाधिकारी

कम खर्च में जानवरों के लिए मुक्त संचार गोशाला बनायी, उससे व्यवसाय में लाभ हुआ। अकाल में ताज़े चारे का नियोजन कैसे करें और पशुखाद्य का खर्चा कम कैसे करें, इसलिए गोविंद डेअरी की तरफ से गाँव में चलें चर्चासत्र से बहुत अच्छी जानकारी प्राप्त हुअी। उस विचार से हम खुद भी हायड्रोपोनिक चारा उत्पादन अच्छी तरह से ले सकते हैं, ऐसा विश्वास निर्माण होने के कारन, दृढ निश्चय किया। पास में किसी भी तरह की पूँजी न होते हुए भी हायड्रोपोनिक पद्धति से चारा उत्पादन लेना तय किया।

हायड्रोपोनिक पद्धति से चारा तैयार करना तो था, लेकिन पास में कोई पूँजी नहीं थी, लेकिन जिद थी। इस जिद के ज़ोर पर और गोविंद डेअरी के तज्ञों के मार्गदर्शन के आधार पर मैंने आवश्यक सामग्री संकलित करना शुरु किया। शुरु में ४० से ४५ बाँस खरीदने जरुरी थे लेकिन आर्थिक अक्षमता के कारन सिर्फ जरुरी वहाँ पर बाँस का उपयोग करके अन्य जगह पर गाँव में नाले के किनारे मिलने वाले बभूल के लकडी का उपयोग करने का निश्चय किया। इस कारन आधे बाँस खरीदने का खर्च कम करने में सफल हो गया। इस तरह मैं खुद और घर के बाकी सदस्यों की मदद से ३ × २ फीट आकार का, ६४ ट्रे, बैठ सकेंगे ऐसा लकडी का ढाँचा तैयार किया।

ढाँचा तैयार करते हुए सब से बडी कठिनाई थी ट्रे के लिए आवश्यक होनेवाला उतार बराबर रखने की। क्योंकि खर्च कम करने के लिए सीधे बाँस की जगह बभूल के लकडी का उपयोग किया था। और बभूल की लकडियाँ टेढ़ी होती है इसलिए ट्रे रखने का ढाँचा उपर नीचे होने की संभावना अधिक थी। लेकिन इस कठिनाई को मैंने अपनी कुशलता से दूर कर दिया। ढाँचा तैयार होने पर एक लकडी का दरवाज़ा भी बना दिया।

इस हायड्रोपोनिक चारा युनिट के लिए सामान्यतः ६४ ट्रे लगनेवाले थे। इसमें एक के उपर एक ऐसे चार खानें तैयार किए। और हर खाने में ८ ट्रे बिठेंगे ऐसी व्यवस्था बनायी। इस तरह से एक बाजू में ८ ट्रे बैठेंगे ऐसे चार खाने तैयार किये, ३२ ट्रे बैठेंगे और बिच में लगभग ४ फीट जगह छोडकर, दूसरी बाजू में भी उपर की तरह ३२ ट्रे बिठाने के लिए ८ ट्रे की कतार के, एक के उपर एक ऐसे चार खानें तैयार किए।

इस तरह ६४ ट्रे वाला हायड्रोपोनिक चारा उत्पादन युनिट का ढाँचा तैयार हो गया। अब इस ढाँचे को ढँकने के लिए कुलमिलाकर २२ से २५ मीटर शेडनेट (जाली) आवश्यक थी, तो कुछ मात्रा में शेडनेट उपलब्ध करा के ढाँचा ढँक लिया। लेकिन कुछ हिस्से के लिए शेडनेट कम पड रही थी इसलिए समस्या निर्माण हो गयी, लेकिन ऐसी समस्या से न डरते हुए गोविंद डेअरी के तज्ञों से चर्चा करके उनके पास होनेवाले बारदान का उपयोग इसके लिए करने का निश्चय किया। दरवाज़े के लिए और अन्य कुछ हिस्से में बारदान का सफल उपयोग किया गया।

इससे यह ध्यान में आता है कि अपने पास पैसे की कमी हों लेकिन अगर अपनी इच्छाशक्ती बलवान हो, तो हम अपने पास होनेवाले बहुत सी साधनसंपत्ती का अच्छा उपयोग कर सकतें हैं। इस तरह अच्छा सा हायड्रोपोनिक चारा उत्पादन युनिट तैयार हो गया।

इस तरह के हायड्रोपोनिक चारा उत्पादन के लिए कम लागत में ट्रे उपलब्ध कराना यह भी एक महत्वपूर्ण विषय था। रेशम उद्योग

का एक युनिट बंद अवस्था में था, वहाँ के ट्रे हायड्रोपोनिक चारा उत्पादन के लिए लेना निश्चित किया। ट्रे अच्छे दिखाई दे रहें थे लेकिन उनका नीचेवाला हिस्सा जालीवाला हो के कारन वहाँ से चारे की जडें नीचें जाने की संभावना थी। साथही इस ट्रे में पानी का नियोजन भी ठीक तरह से होगा ऐसा लग नहीं रहा था। इसलिए उसमें प्लास्टिक के कागज का इस्तमाल करके उसके दोनों बाजू में पानी निकल जाने के लिए छेद रखे। जल व्यवस्थापन के लिए ढाँचा तैयार करना बहुत ही खर्च का काम लग रहा था इसलिए उसका उपाय करने के लिए पीठ पर के पंप से ही पानी देने का नियोजन किया।

शुरु में हायड्रोपोनिक चारे के लिए आवश्यक होनेवाला मकई का बीज पास के ही किसान से खरीद लिया और उसे पानी में १२ घंटे भिगोकर बाद में २४ घंटों तक बारदान में बांधकर रखा। बाद में इसे ट्रे में डाल दिया। ऐसे अंकुरित बीजों का वजन दो से ढाई गुना बढ़ा हुआ दिखाई दिया। इस तरह ट्रे में हायड्रोपोनिक चारे की वृद्धि देखकर उसे पानी देने का नियोजन उपरी पद्धति से किया। इसके बाद लगभग ७ से ८ दिनों में एक ट्रे से सामान्यतः १५ से १६ किलो चारा मिलना शुरु हुआ। ५ गौओं के लिए रोज़ाना ५० से ६० किलो चारा मिलने लगा। गौऐं भी ये चारा च्याव से खाती थी। इसका लाभ याने हर गाय के दूध उत्पादन में १ लिटर की बढौती हुई दिखाई दी।

चारा उत्पादन से काफी फायदा होने के बाद उनके दूध व्यवसाय का मुनाफा धीरे धीरे बढ़ने लगा। धीरे धीरे उन्होंने गौअे बढ़ाना

शुरु किया। दो से तीन वर्षों में १५ गौओं की गोशाला बन गयी। सुखा चारा वे पूरा खरीदा करतें थे साथही उन्हें ताज़ा चारा भी लेना पड़ता था। साथही ऐसा चारा नियमित रुपसे नहीं मिल पाता था। इसलिए उन्होंने हायड्रोपोनिक चारा उत्पादन का विस्तार करने का निश्चिय ले लिया। अब आर्थिक स्थिती में भी सुधार होने के कारन उन्होंने बाँस, शेडनेट, आधुनिक जल व्यवस्थापन यह सब यंत्रणा उपयोग में लाकर २५० किलो प्रतिदिन देनेवाला हायड्रोपोनिक चारा उत्पादन युनिट तैयार किया। प्रति जानवर १०-२० किलो इस मात्रा में इस चारे का उपयोग किया।

हायड्रोपोनिक पद्धति से चारा उत्पादन करते हुए लाभ तो हुआ ही लेकिन कभी कभी कठिनाईयों का भी सामना करना पडा। चारे को कम पानी मिलने पर कभी कभी बुरशी (काई) का प्रादुर्भाव दिखायी देता था। इस पर मात करने के लिए नेट-सर्फ कंपनी का सेंद्रीय स्टीमरीच के उपयोग का लाभ हुआ। इस तरह चारा उत्पादन के लिए मेरे पास जमिन के ना रहते हुए भी आज मैं प्रतिदिन लगभग १३० लिटर दूध उत्पाद करता हूँ। समस्याओं पर मात करके अयोग्य परिस्थिती में भी दूध उत्पाद का व्यवसाय कैसे कर सकते हैं यह इसका प्रेरणादायी उदाहरण है।

•

रोज़ाना १५० किलो हायड्रोपोनिक चारा बनाकर ५०% ताज़े चारे को विकल्प

- श्री हिरालाल सस्ते
(निंबलक, ता. फलटण, जि. सातारा)

श्री हिरालाल सस्तेजी ने रोज़ाना १५० किलो हायड्रोपोनिक चारा निर्मित करनेवाला स्वयंचलित युनिट बनाया है, वह पिछले ढाई सालों इस यंत्र से रोज़ाना १२५ से १५० किलो चारा बना रहे हैं।

श्री हिरालाल सस्ते के पिता परंपरागत खेती के साथ एक पूरक उद्योग के रुप में दूध उत्पादन का व्यवसाय करते थे। हिरालाल सस्तेजी ने बारहवी कक्षा तक पढ़ाई की। बाद में नौकरी करने की अपेक्षा पिता को इस व्यवसाय में मदद करने का सोच लिया। नियमित दूध व्यवसाय में बहुत कठिनाइयाँ आती है और उस में से इतनी कमाई भी नहीं होती, इसलिए कुछ ना कुछ नयी बात करने की खोज में वह थे। आगे चलकर वह 'गोविंद डेअरी' के संपर्क में आए। उन्होंने कम खर्च के आधुनिक तकनिक को अवलंबित करना शुरु किया।

शुरु में उन्होंने मुक्त संचार गोशाला पद्धति का अवलंब किया। उस में बहुत सारे लाभ नजर आने से उन्हें इस में रुचि उत्पन्न हुई। साथही इस में मिलनेवाले खाद के कारन

उनकी खेती की कमाई भी बढ़ गयी। उनके गन्ने के खेत का उत्पादन, जो पहले एक एकड़ में ५०-६० टन निकलता था, अब प्रति एकड़ ८९ टन हुआ।

श्री अनिलकाका निंबालकरजी के हायड्रोपोनिक युनिट से प्रेरणा लेकर श्री सस्तेजी ने घर में प्राप्त होनेवाले साधनों का उपयोग करके, बहुत ही कम लागत में १५० किलो प्रतिदिन उत्पादन देनेवाला हायड्रोपोनिक चारा यंत्र तैयार किया। उन्होंने बाँस का १० × १२ फीट लंबा शेड तयार करके ९०% शेडनेट से ढँक दिया। उसमें ४ रॅक तैयार करके एक बाजू में ३२ और दूसरी बाजू में ३२ ऐसे ६४ ट्रे का ढाँचा तैयार कर लिया। साथही हर ट्रे के पानी के लिए १ एच पी की मोटर, ६४ स्प्रिंकलर्स और टायमर की सहायता से जलसिंचन की व्यवस्था की। दिन में हर तीन घंटे के बाद ५ मिनट पानी की व्यवस्था की। पुराने रेशम उद्योग के ट्रे का उपयोग किया। उस में जाली होने के कारन बीज नीचे ना गिरे इसलिए, प्लास्टिक का कागज लगाया। पानी अच्छी तरह से निकल जाए, इसलिए इस कागज़ को जगह जगह पर छोटे छोटे छेद किए।

मकई के बीज गुनगुने पानी में १२ घंटों तक भिगोकर रखकर बाद में बारदान में बारह घंटों तक बांधकर रखे। इस में मटकी के जैसे छोटे छोटे अंकुर उभरकर आए। यह अंकुरित धान उन्होंने ३ × २ फीट के एक ट्रे में २ से २.५ किलो (भिगोने के पहले का वजन) इस मात्रा में बराबर फैलाया। एक स्क्वेअर फीट के लिए ३०० से ३५० ग्रॅम यह मात्रा उचित रहती है। इस में उन्होंने टायमर का उपयोग करके तीन घंटों में ५ मिनिट पानी देने की व्यवस्था की थी। इस यंत्र में उन्हें रोज़ाना २०० से २५० लि. पानी लगा। उसके बाद ८ वे दिन एक किलो मकई से सामान्यतः ८ से ९ किलो ताज़ा चारा तैयार हुआ।

एक किलो मक्के के लिए सामान्यतः १३ रुपये खर्च होता है। पानी, मजदूरी, और अन्य ऐसा कुलमिलकर एक किलो चारा तैयार करने के लिए १ रुपये ८० पैसे से २.०० रूपये इतना खर्चा आया। मक्का उन्हीं के खेतमें तैयार होता हैं। मजदूरी के लिए उनके घर के कुछ सदस्य भी काम करते हैं। इसलिए इनका उत्पादन खर्च कम हो जाता है।

वे रोज़ाना हर एक गाय को १०-१५ किलो हायड्रोपोनिक चारा देते हैं इसलिए आधे चारे का नियोजन उनके इस हायड्रोपोनिक चारा यंत्र से ही हुआ। अपने १० जानवरों के ताज़े चारे के लिए उन्होंने २ एकड़ की जमिन अलग रखी थी लेकिन अब उनके १० × १२ फीट की जगह में ही हररोज १५० किलो चारा उपलब्ध होने की वजह से, उन्होंने एकही एकड़ क्षेत्र चारे के लिए रखा। और बाकी के क्षेत्र में उन्होंने गन्ने की फसल लेना शुरु किया। इससे कम ज़मीन होनेवाले किसानों के भी लिए हायड्रोपोनिक चारा यंत्र एक वरदान ही है! इस का प्रत्यय आ जाता है।

हायड्रोपोनिक चारा पोषक होने के कारन पाचनीय तो है ही, लेकिन उस में होनेवाले और अन्य उपयुक्त घटकों के कारन दूसरे चारे का भी पाचन अच्छी तरह से हो जाता है। शरीर अल्कलाईन रखने भी मदद मिलती है। सब से महत्वपूर्ण यह है कि हररोज खेतों में जाकर चारे को काँटना, उसकी यातायात का प्रबंध करना, उसकी कुट्टी करना इसके लिए जो काम और जो परिश्रम करने लगते थे वह बहुत ही कम हुए, हायड्रोपोनिक चारा यंत्र में

से सिर्फ ट्रे को उठाकर जानवरों के आगे रखना पडता है। इसलिए काम में बचत होकर, काम बहुत आसान बन गया है।

साथही सिर्फ आठ दिनों में चारा बनता है इसलिए चारे की कमी महसूस होने लगते ही झट से चारे का नियोजन करना इस में आसान बन गया है। कभी कभी खेत के चारे के लिए पानी उपलब्ध नहीं होता। उसके लिए भी यह पद्धति लाभदायक बन गयी। उनके दूध का उत्पादन १० से १५% से बढ़ गया साथही जानवरों की त्वचा चमकने लगी, चेहरे पर रौनक आ गयी। खास कर दूध की मिठास बढ़ गयी।

हायड्रोपोनिक चारे के उपयोग से खेत के चारे की माँग कम हो गयी। जानवरों की प्रजनन शक्ती बढ़ गयी। इस तरह से अनेक लाभ होने पर उन्होंने अब जानवरों की संख्या बढायी है। इन दो सालों में यह हायड्रोपोनिक चारा यंत्र को देखने के लिए लगभग १०,००० से भी अधिक व्यक्तियों ने भेंट दी। इन में देश, विदेश के किसान, तज्ञ, और वैज्ञानिक ऐसे व्यक्तियों का समावेश था।

•

सौ गौओं के गोशाले के लिए रोज़ाना १ टन का हायड्रोपोनिक चारा उत्पादन

- श्री अनिल वसंतराव पोंदकुले
(शिरवली, ता. फलटण, जि. सातारा)

श्री पोंदुकलेजी के यहाँ आजकल ११० गौअें होकर, उन्होंने हायड्रोपोनिक चारा युनिट तैयार किया है। उनसे वे रोज़ाना एक हजार किलो का चारा उत्पादन लेते हैं। इस युनिट के लिए उन्होंने टिन का उपयोग किया है और लोहे की शेड तैयार की है। हायड्रोपोनिक चारा यंत्र से पशुखाद्य और ताज़े चारे में बडे पैमाने पर बचत हुई उन्हें दिखाई देती है। दूध के उत्पाद में १० गुना बढौती हुई भी दिखती हैं। इस आधुनिक चारा युनिट के लिए उन्हें लगभग ५ लाख रुपये का खर्चा आया। इस में मोटर, टायमर बिठा के उसे ऑटो सेन्सर बिठाया है और उसके द्वारा पानी का नियोजन किया गया है। यह पूरा युनिट एक व्यक्ति द्वारा चलाया जाता है।

इस हायड्रोपोनिकचारा यंत्र में सामान्यतः ३ किलो मकई से २० से २४ किलो तक का चारा बन जाता है। इसके लिए प्रतिदिन १२०० लिटर पानी लगता है। उसे दिन में छः से आँठ बार फौआरा जाता है। अधिक हुए पानी को एक टंकी में जमा करके उसी पानी का खेती के लिए पुर्नउपयोग किया जाता है। इससे पानी के अनावश्यक खर्च को टाल सकते हैं। सभी ट्रे ३ फीट × २ फीट आकार के हैं। सभी ट्रे ॲल्युमिनियम से बने हुए हैं। ट्रे से पानी बाहर निकालने के लिए ट्रे में छेद किए गए हैं।

●

१२

अभ्यागतों का मनोगत

डॉ. विजय भटकरजी ने हायड्रोपोनिक युनिट से भेंट करके उसकी जानकारी ले ली।

''हिरालाल सस्तेजी ने गोविंद डेअरी के मार्गदर्शन में किया हुआ कम लागत का हायड्रोपोनिक चारा उत्पादन युनिट देखा और उनके गोशाले का मुक्त संचार गोशाला, मुरघस, सेंद्रीय खाद निर्मिती, संतुलित पशु आहार निर्मिती इन सब चीजों को देखकर कम लागत की यह तकनिक मुझे बहुत ही अच्छी लगी। कम लागत में घर में प्राप्त होनेवाले साधनों का उचित उपयोग करके उच्च तकनिक आसान पद्धति में ढालकर, अच्छी गुणवत्ता का चारा उत्पादन भी लिया जाता है। निःसंदेह यह प्रशंसनीय बात है। इस तकनिक की आगे होनेवाले प्रगति के लिए हार्दिक शुभकामना!!!''

जागतिक ख्याति प्राप्त वैज्ञानिक डा. विजय भटकर, पुणे

डॉ. विनथ्रोप हारेवूडजी की हायड्रोपोनिक युनिट से भेंट

इंटरनेट पर कम खर्चे का हायड्रोपोनिक चारा उत्पादन युनिट किया हुआ देखा और उसे देखने की उत्सुकता बढ़ गयी। गोविंद डेअरी से संपर्क करके अनिलकाका निंबालकरजी की गोशाला देखने हेतू आया। यहाँ पर कम लागत में हायड्रोपोनिक चारा उत्पादन युनिट तैयार किया हुआ देखा और बहुत अचरज हुआ कि घर में प्राप्त होनेवाले सामान का उपयोग कर कम खर्चे में इस अत्याधुनिक तकनिक को आसान बनाया गया है। मैं, पिछले ३० वर्षों से वेस्ट इंडीज विश्व विद्यालय के पशुवैद्यकीय महाविद्यालय में अध्यापन का काम कर रहा हूँ। लेकिन ऐसी आसान तकनिक मैंने आजतक नहीं देखी। मैं विद्यार्थीयों को पढ़ाता हूँ लेकिन आज भी मुझे ऐसा लगता है कि किसान ही शिक्षक हैं और मैं विद्यार्थी। मैं गोविंद डेअरी के हमेशा संपर्क में हूँ और वेस्ट इंडीज में चार-पाँच किसानों के यहाँ ऐसी युनिट बनायी हैं।

प्रा. डॉ. विनथ्रोप होरेवूड,
वरिष्ठ व्याख्याता (सिनिअर लेक्चरर)
स्कूल ऑफ व्हेटर्नरी मेडिसिन, वेस्ट इंडीज विश्व विद्यालय

ग्लोबल ॲनिमल न्यूट्रिशन कॉन्फरन्स (२०१४) में हमारे काम को मिला हुआ प्रशस्ति पत्रक

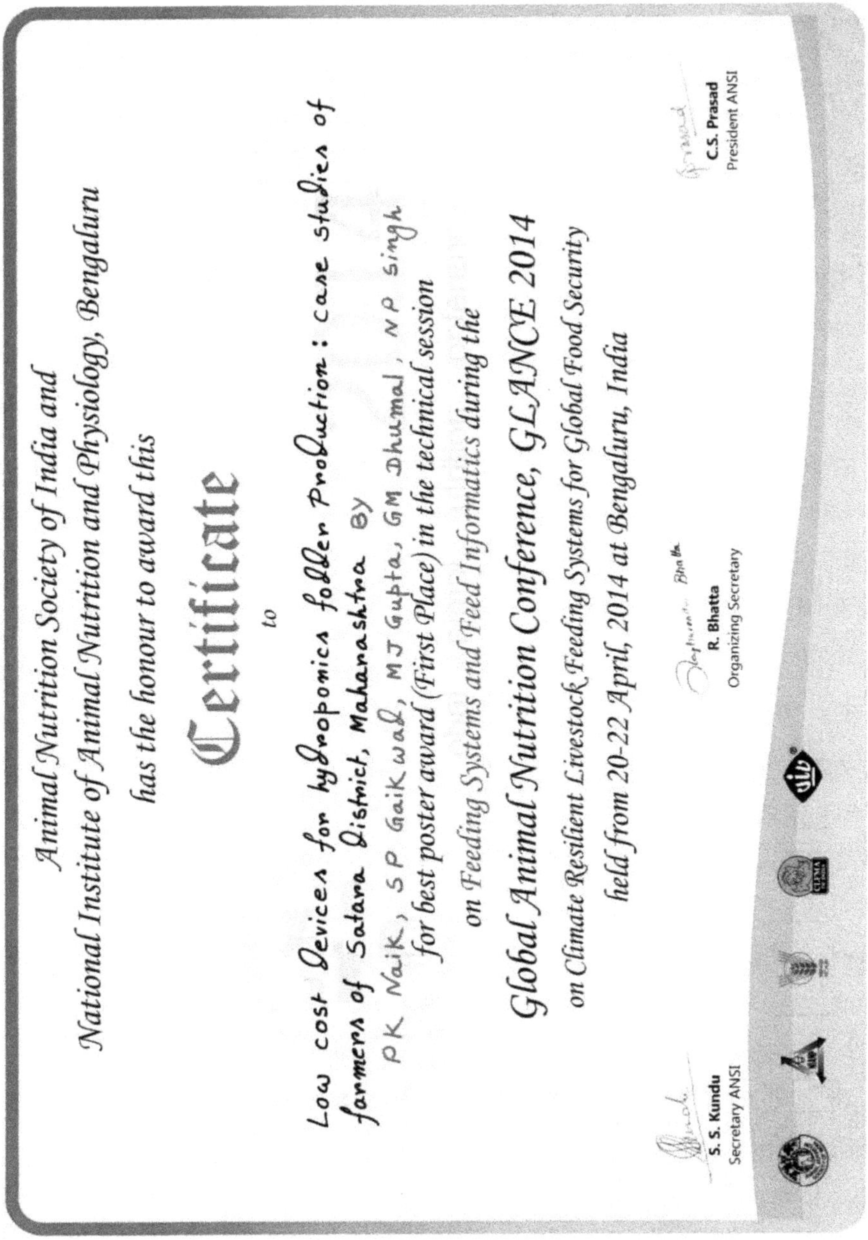
Animal Nutrition Society of India and
National Institute of Animal Nutrition and Physiology, Bengaluru
has the honour to award this
Certificate
to
Low cost Devices for hydroponics fodder Production: case studies of farmers of Satara District, Maharashtra By
PK Naik, SP Gaikwad, MJ Gupta, GM Dhumal, NP Singh
for best poster award (First Place) in the technical session
on Feeding Systems and Feed Informatics during the
Global Animal Nutrition Conference, GLANCE 2014
on Climate Resilient Livestock Feeding Systems for Global Food Security
held from 20-22 April, 2014 at Bengaluru, India

S. S. Kundu
Secretary ANSI

R. Bhatta
Organizing Secretary

C.S. Prasad
President ANSI

डॉ. शांताराम पांडुरंग गायकवाड

(बी. व्ही. एस. सी. ॲण्ड ए. एच.)

- १९९४ में क्रांतिसिंह नाना पाटील पशु वैद्यकीय महाविद्यालय, शिरवळ से पशु वैद्यकीय पदवी
- मयूर सहकारी दूध संघ, कोल्हापूर, इस कोल्हापूर तथा बेळगाव कार्यक्षेत्र होनेवाले दूध संघ से कामकाज़ की शुरुआत मुफ्त पशु वैद्यकीय सेवा, कम खर्च की कृत्रिम रेतन योजना, पशुखाद्य उत्पादन और दूध संकलन इस क्षेत्र में प्रभावी कार्य
- दो बरस तक पुणे जिला दूध उत्पादक संघ में विस्तार सेवा का कामकाज़, साफ दूध उत्पादन प्रकल्प बनाकर उसका अवलंब कराने में महत्वपूर्ण योगदान
- पिछले ८ सालों से गोविंद मिल्क ॲण्ड मिल्क प्रॉडक्ट इस डेअरी में काम
- कम लागत की मुक्त संचार गोशाला यह संकल्पना बहुत ही प्रभावशाली रुप से चलायी। वसंतराव नाईक कृषी और संशोधन फाऊंडेशन, मुंबई इस संस्था ने इस कार्य की प्रशंसा कर २०१० साल में गोविंद दूध डेअरी को 'वसंतराव नाईक पशुसंवर्धन और दुग्ध व्यवसाय विकास २०१०' यह पुरस्कार प्रदान किया।
- कम खर्च में किफायत वाला मुरघस, आहार संतुलन अझोला उत्पादन, मिनरल मिक्सर निर्मिती, बायपास फेट निर्मिती, बछडों के संगोपन के लिए मिल्क रिप्लेसर और काल्फ स्टार्टर, अंकुरित धान का आहार में प्रभावी उपयोग, कम लागत का हायड्रोपोनिक चारा उत्पादन, यशस्वी दूध उत्पादक संचलित प्रशिक्षण और संशोधन केंद्र आदी प्रकल्प अत्यंत प्रभावशाली रुप से चलायें।
- 'क्रांतिसिंह नाना पाटील पशुवैद्यकीय ॲल्युमिनाय संघटना' इनकी तरफ से २०१३ में सराहनीय विस्तार विषयक कामकाज़, के लिए दिया जानेवाला 'बेस्ट एक्स्टेंशन व्हेटेनरीयन - २०१३' यह पुरस्कार प्राप्त
- कम लागत में किए गए प्रयोगों के प्रसार के लिए महाराष्ट्र और महाराष्ट्र के बाहर भी दूध उत्पादकों के लिए अनेकों भाषण!

अत्याधुनिक (हायटेक) युनिट

मध्यम खर्चेका हायड्रोपोनिक चारा युनिट

कम खर्चेका हायड्रोपोनिक चारा युनिट

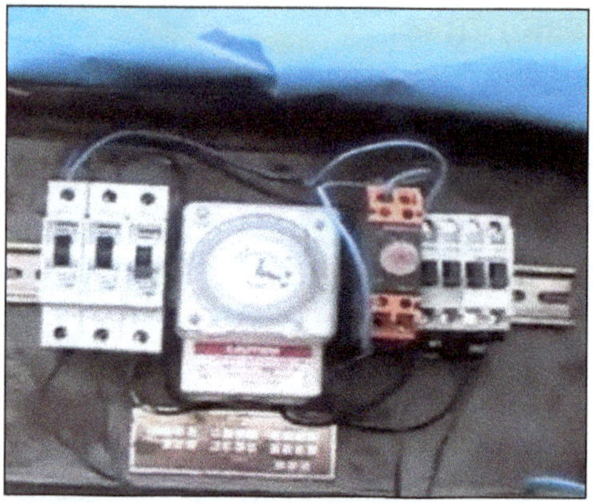

इलेक्ट्रोनिक टायमर

स्प्रिंकलर

फिल्टर

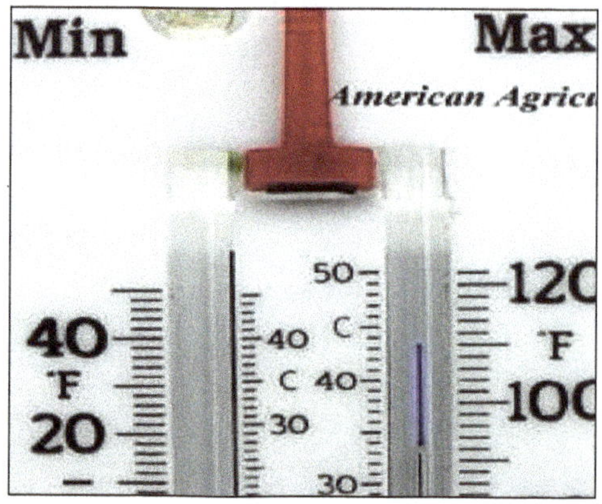

तापमान दर्शक

विद्युत पंप

पानी के पुनर्उपयोग के लिए नियोजन

३ × २ फीट का सीधी सतह वाला ट्रे

३ × २ फीट का सीधी कतारों वाला ट्रे

३ × २ फीट का आडी कतारों वाला ट्रे

ट्रे में होनेवाली कतारें और पानी निकलने के लिए होनेवाले छेद

कम लागत का छोटा गोविंद ट्रे

बीजों को पानी में भिगोकर रखना

अंकुरित होने के लिए बारदान में बांधकर रखना

अंकुरित धान

पहले दिन की वृद्धि

दूसरे दिन की वृध्दि

तीसरे दिन का धान

चौथे दिन की वृद्धि

पाँचवे दिन की वृद्धि

छठे दिन की वृद्धि

साँतवे दिन की वृद्धि

आँठवे दिन की वृद्धि

शुरूआत में घर में ही हायड्रोपोनिक चारा उत्पादन का प्रयोग करते हुए श्री निंबालकरजी

पहले हायड्रोपोनिक चारा युनिट का तैयार हुआ ढाँचा

पहले हायड्रोपोनिक चारा उत्पादन के जडों की ऐसी सफेद गद्दी तैयार होने के बाद ऐसा चारा उत्पादन लेने के लिए मनोबल बढ़ गया।

विंचुर्णी गाँव के हायड्रोपोनिक चारा उत्पादन युनिट में पूरी क्षमता से बढ़ा हुआ चारा

जानवरों को खाने को देते समय इस तरह छोटे छोटे टुकडे बनाकर खिलाएँ

हायड्रोपोनिक चारा जानवरों को खाने में देते हुए गद्दी के टुकडे बनायें।